阿哈龙·阿佩尔菲尔德
作品系列

黑暗之花
Blooms of Darkness

〔以色列〕阿哈龙·阿佩尔菲尔德 —— 著
Aharon Appelfeld

潘婷婷 刘堃 —— 译

人民文学出版社
PEOPLE'S LITERATURE PUBLISHING HOUSE

著作权合同登记号　图字 01-2016-4659

Aharon Appelfeld
Blooms of Darkness
Copyright © 2006，Aharon Appelfeld
Arranged with The Wylie Agency(UK)Ltd.
Simplified Chinese Copyright © Shanghai 99 Readers' Culture Co. Ltd.，2017
All rights reserved.

图书在版编目(CIP)数据

黑暗之花/(以)阿哈龙·阿佩尔菲尔德著；潘婷婷，刘堃译.—北京：人民文学出版社，2017
（阿哈龙·阿佩尔菲尔德作品系列）
ISBN 978-7-02-012763-4

Ⅰ.①黑… Ⅱ.①阿…②潘…③刘… Ⅲ.①儿童小说-长篇小说-以色列-现代 Ⅳ.①I382.84

中国版本图书馆 CIP 数据核字(2017)第 101183 号

责任编辑　朱卫净　尚　飞　张玉贞
封面设计　高静芳

出版发行　人民文学出版社
社　　址　北京市朝内大街 166 号
邮政编码　100705
网　　址　http://www.rw-cn.com

印　　刷　上海盛通时代印刷有限公司
经　　销　全国新华书店等
字　　数　205 千字
开　　本　890 毫米×1240 毫米　1/32
印　　张　9.375
版　　次　2018 年 2 月北京第 1 版
印　　次　2018 年 2 月第 1 次印刷

书　　号　978-7-02-012763-4
定　　价　45.00 元

如有印装质量问题，请与本社图书销售中心调换。电话：010－65233595

谨以此纪念吉拉·拉米雷斯·劳赫

目录

第一章	1
第二章	6
第三章	11
第四章	17
第五章	22
第六章	27
第七章	32
第八章	37
第九章	43
第十章	49
第十一章	54
第十二章	58
第十三章	63
第十四章	68

第十五章	73
第十六章	75
第十七章	79
第十八章	83
第十九章	86
第二十章	89
第二十一章	94
第二十二章	99
第二十三章	104
第二十四章	109
第二十五章	113
第二十六章	116
第二十七章	120
第二十八章	124
第二十九章	128
第三十章	132
第三十一章	136
第三十二章	140
第三十三章	144
第三十四章	148
第三十五章	152

第三十六章	156
第三十七章	160
第三十八章	164
第三十九章	167
第四十章	171
第四十一章	175
第四十二章	179
第四十三章	183
第四十四章	187
第四十五章	191
第四十六章	195
第四十七章	198
第四十八章	203
第四十九章	207
第五十章	212
第五十一章	217
第五十二章	221
第五十三章	224
第五十四章	228
第五十五章	233
第五十六章	237

第五十七章	240
第五十八章	243
第五十九章	248
第六十章	252
第六十一章	259
第六十二章	264
第六十三章	267
第六十四章	271
第六十五章	275
第六十六章	280
第六十七章	285
第六十八章	289

第一章

明天胡戈就十一岁了,安娜和奥托会来庆祝他的生日。胡戈的朋友大多已经被送到遥远的村子里去了,留下的没几个,很快也会被送走。犹太区里紧张的气氛十分浓厚,但是没有人哭出声来。孩子们暗自猜测着自己身上将会发生什么。父母们控制着自己的情绪,以免恐惧蔓延开来。但是门窗都毫无顾忌,它们兀自砰的一声猛然关上,又突然被不安地推开。风呼啸着穿过每一条小巷。

几天以前,胡戈本来也要被送到山里去的,但是,本来应该来接他的农夫始终没有出现。这时,他的生日也快到了,为了让他记住这个家,记住他的父母,他的妈妈决定给他举办一个生日会。谁知道什么在等待着我们?谁知道我们什么时候才能再相见?妈妈脑海里闪过这样的念头。

为了让胡戈高兴,妈妈带给他三本儒勒·凡尔纳①的书和一套卡尔·麦②的书，这套书是从已经登记为被流放的朋友那里得来的。如果他去了山里，他应该会带着这些新的礼物一起去吧。妈妈想给他再带上多米诺骨牌、国际象棋，还有每晚他临睡前她给他读的那本书。

胡戈再一次保证，在山里的时候，他会读书、做数学题，晚上会写信给妈妈。妈妈含着眼泪，努力试图用平日的声调和他说话。

其他已经把孩子送到山里的父母，和安娜及奥托的父母一起，都被邀请来参加胡戈的生日会。其中一位带来了手风琴。

每个人都尽力隐藏着忧虑和恐惧，假装生活一如既往地继续着。奥托带来了一件十分贵重的礼物：一支装饰有珍珠母的钢笔。安娜带来了一根巧克力棒和一盒芝麻酥糖。糖果让孩子们很高兴，有那么一瞬间，也抚慰了父母们的悲伤。但是手风琴没能让大家的精神振奋起来。手风琴手的演奏不但远没能让大家开心起来，他弹奏的琴声反而更加重了悲伤的气氛。

然而，每个人仍尽量避免谈论这次反犹太运动，那些被送往未知的目的地的大批集中营的难民，那些孤儿院和养老院里毫无预兆就被流放的人，当然，还有一个月以前被抓走的胡戈的爸爸。从那以后，再也没有他的任何消息。

---

① 儒勒·凡尔纳（Jules Verne, 1828—1905），19世纪法国著名小说家、剧作家及诗人。主要作品有三部曲《格兰特船长的儿女》《海底两万里》《神秘岛》，以及《气球上的五星期》《地心游记》等。他对科幻文学流派有着重要的影响，与赫伯特·乔治·威尔斯一起，被称作"科幻小说之父"。
② 卡尔·麦（Karl May, 1842—1912），德国著名探险小说家，德国畅销书作家之一，擅长写中东、巴尔干以及美国西进运动时期的探险故事而闻名。同时也是诗人、剧作家、作曲家。

大家离开后，胡戈问："妈妈，我什么时候也会去山里吗？"

"我不知道。我会尝试所有的可能。"

胡戈不明白所谓"我会尝试所有的可能"的意思。他把失去了妈妈的生活想象成一种需要时刻绷紧神经和绝对服从的生活。妈妈不断地重复："你一定不能任性。必须照着他们说的去做。妈妈会竭尽全力来看你，但这由不得我。每个人都被送到不同的地方。总之，不要对我期望太多。一旦我能来，我一定会来。"

"爸爸也会来吗？"

妈妈的心在这一刻抽紧了："自从爸爸被带到集中营以后，我们还没有他的消息。"

"他在哪儿？"

"天知道。"

胡戈注意到，自从反犹运动开始以后，妈妈经常说"天知道"，这是她表达绝望的一种方式。自从反犹运动开始，生活已经成为一个长久的秘密。妈妈试图跟他解释，安抚他，但是胡戈的所见所闻不断地告诉他生活里隐藏着一些可怕的秘密。

"他们把人们带到哪里去了？"

"集中营。"

"他们什么时候回来呢？"

他已经注意到，妈妈不再像以前对他有问必答。有些问题她就直接无视了。胡戈随之学会了在对话出现沉默的时候去聆听沉默，而不是去追问。但是他内心的那个小男孩，那个几个月以前才上学和做功课的小男孩，控制不住自己，所以他问道："他们什么时候回来呢？"

大多数时间，胡戈都坐在地板上，独自玩多米诺骨牌或者国际象棋。有时候安娜也会来。安娜比胡戈小六个月，但是个子比他高一点儿。她戴着眼镜，看过很多书，钢琴也弹得非常出色。胡戈想引起她的注意，但是并不知道怎么做。妈妈教了胡戈一点法语，但是就连这一点，安娜也比他强。她已经能说出完整的法语句子了，胡戈对安娜的印象就是，她想学任何东西都可以很快地学会。胡戈也想不出别的办法，就从抽屉里拿出了一根跳绳开始跳了起来。他单脚跳绳跳得比安娜好。安娜很努力地尝试，但是在这方面，她的能力有限。"你父母帮你找到寄养的农家了吗？"胡戈小心翼翼地问。

"还没有。那个答应来接我的农夫没有出现。"

"我的那个农夫也没有出现。"

"我猜我们会跟别的大人一起被送走。"

"没关系。"胡戈说着，像个大人一样垂着头。

每天晚上，妈妈都一定会给胡戈读一段某本书中的文字。过去的几个星期，妈妈一直在给他读《圣经》中的故事。胡戈以前觉得，只有教徒才读《圣经》，但令人惊讶的是，妈妈也读了。那些画面清晰地浮现在他眼前。亚伯拉罕[1]看起来好像比他高，就像街角面包店的老板一样。那个老板非常喜欢小孩子，每次小孩子去他的店里，他都会给孩子一份惊喜的小礼物。

妈妈读完了以撒[2]被捆绑着作为祭品将要被献祭这一段后，胡戈

---

[1]《圣经》中的人物，是被上帝挑选并给予祝福的人，传说中的希伯来人和阿拉伯民族的祖先。
[2]《圣经》中亚伯拉罕和妻子撒拉（Sarah）所生的独子。

好奇地问:"这是个真实的故事还是寓言?"

"是个故事。"妈妈小心翼翼地回答。

听到以撒最后被救了,胡戈很高兴,但是那只代替以撒被献祭的小羊羔又让他很难过。

"为什么这个故事不多说一点儿?"胡戈问。

"试着想象一下。"妈妈这样建议他。

这个建议起了作用。胡戈闭上了眼睛,立刻就看到了青翠高耸的摩利亚地山。亚伯拉罕很高,他和小儿子以撒步履缓慢,小羊羔跟在他们后面,低着头,仿佛已经知道了自己的命运。

第二章

第二晚，就来了一个农夫，把安娜带走了。胡戈是早上听说这个消息的，他的心里抽了一下。他的大部分朋友已经在山里了，他被留下了。妈妈一直告诉他很快会为他找到一个地方。有时候，在胡戈看来，好像这些孩子再也没人要了，所以才把他们送走。

"妈妈，为什么他们要把孩子送到山里呢？"他就是管不住自己的嘴。

"现在犹太隔离区很危险，你看不出来吗？"妈妈很简短地回答了他。

胡戈知道隔都①很危险。这里没有一天没有逮捕和流放。通往地铁站的路上挤满了人。人们都带着沉重的行李，沉重到他们都几乎无法挪动。士兵和警察鞭打着这些流放者。这些可怜的人们推搡着，

---

① 音译（ghetto），指中世纪的犹太人聚居区。

四下溃散。胡戈现在知道自己问"为什么他们要把孩子送到山里呢"这个问题很愚蠢，他很后悔没有管住自己。

胡戈的妈妈每天都告诉他一些简短的准则。她不断重复一条指令："你必须观察自己的周围，不要提问。陌生人不喜欢你问他们问题。"胡戈知道妈妈在让他为离开自己的生活做准备。胡戈感觉过去的几天，妈妈因为某些原因，一直在试图和他保持距离。有时候妈妈仿佛耗尽了力气，哭泣着，呜咽着。

奥托溜进来下象棋。胡戈下得比他好多了，轻而易举地就赢了他。看到自己的失败，奥托举起双手说："你赢了。现在没事可做了。"胡戈为奥托感到难过，他下得实在不太好，连一步简单的威胁都没发现。他安慰奥托说："在山里你会有很多时间练习的。等战争结束我们再见时，你就会下得很好啦。"

"我没有这个天赋。"

"这个游戏没你想的那么复杂。"

"对我来说已经够复杂了。"

"你得为独自生活做好准备。"胡戈想对他这么说，但是他没有。

奥托是一个悲观的孩子。他就像他的妈妈，她总是说："有些人的生活是战争给的。我举手投降了。我没有力气为了一小片面包抗争。如果那就是生活，你可以过。"

奥托的妈妈是个高中教师。在这样的惨况下，人们即使到了现在仍很尊敬她。过去她高谈阔论，旁征博引，涵盖古今。现在她耸着自己的肩说："我什么也不明白。现在这个世界的逻辑完全不一样了。"

胡戈把亲眼所见都记在了心里：那些惊慌失措来到家里、透露令人恐慌的消息的人，还有那些坐在桌子旁一言不发的人。家里的房子已经变得面目全非了。窗户紧闭，窗帘也拉上了，让房间显得更暗。只有胡戈房间的窄窗，正对着院子，从窗口可以看到火车站街和那些被流放者。有时候胡戈从这些被流放者中认出自己班上的家长或者同学。他知道自己的命运跟他们不会有什么不同。到了晚上，他蜷缩在毯子下，确信自己现在是被保护着的。

人们在家里进进出出，不敲门，也不问，就像胡戈的祖父去世时一样。胡戈的妈妈迎接他们，但是又拿不出一杯咖啡或者柠檬水。她摊着双手说："我实在没有东西招待你们了。"

"我会记住这所房子的每一个角落，"胡戈对自己说，"不止房子，还有妈妈。失去了爸爸的妈妈乱了方寸。她试图做好每一件必要的事；她东奔西走寻找一个能带我去山里的农夫。"

"我们怎么知道他是个正直的农夫呢？"胡戈的妈妈绝望中不停地问。

"人们都是这么说的。"他们这样回答。

每个人都在黑暗中摸索，最后把自己的孩子送给了黑夜中到来的素不相识的农夫。恶毒的流言四起，据说那些农夫自己拿了钱，把孩子送到了警察那里。因为这些流言，有些父母不愿意让农夫抚养自己的孩子。"孩子跟你在一起的时候，你可以保护他。"这些吓坏了的父母会这样说。因为某些原因，胡戈并不害怕。也许因为他过去常常在夏天的时候去农村的祖父母家。有时候他会跟他们一起住一个星期。他喜欢那片玉米地和牧场，牧场上放牧着奶牛。他的祖父母都高大而安静。他们很少说话。胡戈很喜欢他们的陪伴。他想象中和农夫在一起的生活也是如此宁静。他会有一条狗和一匹马，他会喂养它们，照顾它们。胡戈总是很喜欢小动物，但是爸爸妈妈不让他养狗。从现在起，他会自由地生活，就像那些午后在树下打盹儿的农夫一样。

为了安全起见，胡戈和妈妈晚上都躲在地窖中，睡在那儿。到了晚上，士兵和警察会扫荡那些房子，抓走孩子们。不少孩子已经被抓走了。地窖里很冷，但是他们裹着毯子，寒冷就无法侵袭了。

奥托偷偷地溜进来告诉胡戈，安娜已经安全地抵达了山里，他已经收到了安娜的信。每一封从山里抵达的信都是一个小小的胜利。当然，那些怀疑论者，仍然秉持着他们的悲观主义说："谁知道这些信是在什么情况下写的。那些送信的农民索要更多的钱财。他们没有人性，只有贪婪。"

胡戈听到了这些怀疑的声音，他想告诉奥托："不要这么悲观。悲观会让你软弱。你得强大，鼓励你妈妈。"

开始的时候，大多数人都很乐观，但是过去了几周，乐观的人变成了少数。人们失去了希望，藐视希望。

到了晚上，胡戈的妈妈承认自己没有找到愿意掩护胡戈的农夫。如果别无选择，她会带胡戈去玛丽安娜那里。

玛丽安娜是个乌克兰女人，是胡戈妈妈的小学同学。还是个小女孩的时候，她就辍学，堕落了。"什么是'堕落'？"胡戈问自己。一辆马车可以翻车，滚落鸿沟，但是一个人倒下来可发不出滚落的声音。

胡戈喜欢"听"词。有些词的声音能让胡戈更好地明白它们的意思，有些词并不能让胡戈眼前浮现出画面，只是从他耳边过一下，他

9

什么也不理解。

胡戈有时候会问妈妈一个词的意思。妈妈会试着解释，但是她也并不能总是描绘出一个词的画面。

就在这时，弗里达阿姨带着消息进了门。弗里达很有名。每个人谈起她时都浮起微妙的笑容。她结过两次婚，最近又跟一个比她还年轻的乌克兰男人住在了一起。

"茱莉亚，别担心。我男朋友愿意带你们去他的村子。他有个绝佳的隐蔽地。"

胡戈的妈妈感动坏了。她抱着弗里达说："我已经不知所措了。"

"亲爱的，别丧失希望。"弗里达说着，很高兴这个家又重新接受了她。

弗里达是个很漂亮的女人。她的穿着与众不同，每过一阵子，她总能引起丑闻。因为她放荡的生活方式，整个家族都与她保持着距离。即使是胡戈的妈妈，总是帮助穷人，但对她也并不和蔼。

弗兰达一直说着她男朋友的好话，说他愿意为了她和她的家庭把自己置身于危险之中。"只有乌克兰人才能拯救我们。只要他们愿意。"弗里达说着，很高兴自己能为帮上家族的忙，即使他们已经疏远她多年。

胡戈的妈妈再次感谢了她，说："我已经绝望了。"

"一定不要绝望。"弗兰达说。她已经练习这句话好几年了，现在她可以证明绝望确实是一种幻觉。"总是会有出路的。总会有人来爱你。你得有耐心，等待他。"胡戈近距离地看着她，很惊讶地发现她脸上浮现出一种小女孩的神态。

第三章

隔都里的人越来越少了。现在他们正在屋里屋外地抓老人和孩子。胡戈大部分时间都在黑暗的地窖里,就着微暗的灯光读书、下象棋。浓重的黑暗让他很早就睡了。睡梦中,他爬上树逃开了警察的追捕,但是最后跌进了一个深坑里。醒来的时候,他庆幸自己并没有因跌落而受伤。

每过几个小时,妈妈都会来看看胡戈。她会带来一片抹了黄油的面包,有时候是苹果或梨。胡戈知道妈妈饿着肚子省下食物给自己。他恳求妈妈多吃一点儿,但是她怎么也不肯吃。

又一场流放发生了。胡戈站在窄窗前看着。他看到了推搡、尖叫和激烈的打斗。在黑压压的人群中,弗里达鲜艳的形象非常显眼。她穿着一条花裙子,披头散发,从远处看去好像这些推搡让她笑起来。她挥舞着自己的草帽,好像她不是被抓走,而是自由地去某处度假胜地度假。

"妈妈，我在流放的人中看到弗里达了。"

"不可能。"

"我亲眼看见的。"

晚上，妈妈确认弗里达被抓走了，身无分文地被流放了。她的乌克兰男友给他们庇护的希望破灭了。

胡戈的妈妈越来越多地说起玛丽安娜。玛丽安娜住在城外，显然，他们得通过下水道去到她那儿。下水道很宽，午夜以后，只有很少的污水在其中流淌。胡戈的妈妈试着用自己平常的声调语气说话，偶尔给这件事添上一点冒险的色彩。胡戈知道她在努力安抚自己。

"奥托在哪儿？"

"我觉得他应该也藏在某个地窖里。"妈妈简短地答道。

自从妈妈告诉胡戈他们会从下水道走到玛丽安娜那里去，胡戈就试着回忆她的脸。他努力了半天，只记起她的身高和修长的胳膊，他在场的那些见面中她总是会拥抱胡戈的妈妈。那些会面大多都很短暂。胡戈的妈妈会给玛丽安娜两个包裹，玛丽安娜会给她热烈的拥抱。

"玛丽安娜住在乡下吗？"胡戈在新的黑暗中摸索着。

"在一个村子里。"

"我能在外面玩吗？"

"我觉得不能。玛丽安娜会跟你解释一切的。我们从小女孩时就已经是朋友了。她是个很善良的女人，但是命运对她太不公平。你必须非常守规矩，照她说的去做。"

"'命运对她不公平'是什么意思？"胡戈很好奇。对他来说，很难想象一个又高又漂亮的女人会失意或被羞辱。

胡戈的妈妈一再说:"每个人都有自己的命运。"

这句话像之前的那句一样,都令人费解。

此时,胡戈的妈妈带着一个背包和一个手提箱下到地窖里。她在背包里放了一些书、那套象棋和多米诺骨牌。她找了些衣服和鞋子放在手提箱里。箱子塞得满满的,非常沉重。

"别担心,玛丽安娜会安排好一切的。我跟她说过了。她很喜欢你。"妈妈颤抖着说出这些话。

"妈妈你会去哪儿?"

"我在附近的村子找个隐蔽的地方。"

妈妈已经不再给胡戈读《圣经》了,但是熄灯以后,胡戈听到妈妈叫他。妈妈轻声细语,声音极具穿透力。

"你必须像个大人一样。"妈妈说着,听起来不像她的声音。胡戈想回答她"我会照玛丽安娜说的去做的",但是他制止了自己。

到了晚上,从外面传来的声音震撼着地窖。那些声音大多来自那些孩子被从身边抓走的女人的哭泣。那些女人大胆地追在警察后面跑,恳求他们放了孩子。她们的祈求让警察很生气,警察怒气冲冲地鞭打着这些女人。

孩子们被抓走以后,沉默笼罩了一切。只能听到零星一阵阵压抑的哭泣声。

胡戈清醒地躺着。屋里屋外发生的事对他造成了很大的影响。到了晚上,他偶尔听到的那些话,更强烈而清晰地回到他脑海中。他很难读书和下象棋了。他的脑海中塞满了画面和声音。

"奥托去哪儿了？"他不停地问妈妈。

"在某个地窖里。"

胡戈肯定奥托也被抓走了，他被扔到某辆卡车上，现在正在去乌克兰的路上。

胡戈的妈妈盘腿坐着，描述着玛丽安娜住的地方。"她有一个很大的房间，房间里有个很大的壁橱。白天时，你可以待在大房间里，晚上就去壁橱里睡觉。"

"在玛丽安娜那里，他们也能轻易抓走我吗？"胡戈小心翼翼地问。

"玛丽安娜会像老鹰一样照看你的。"

"为什么我得睡在壁橱里？"

"为了安全起见。"

"她会给我读《圣经》吗？"

"会的，如果你请求她读的话。"

"她会下象棋吗？"

"我觉得她不会。"

这样简短的问答，在胡戈听起来像是在为一场神秘的旅行做最后的准备。坐在地窖里让他无精打采，他热切地盼望着他背上背包和妈妈走进下水道的那天。

"那里有学校吗？"他突然问。

"亲爱的，你不会去学校的。你得藏起来。"妈妈用异样的声调说。

这在胡戈听起来像是一种惩罚,他问:"我要一直藏起来吗?"

"是的,直到战争结束。"

胡戈释怀了。他听说战争不会持续太久了。

胡戈好像盲目乱问出来的这些问题,刺痛了妈妈。通常她都会完整地回答,或者给出部分的答案,但是她从不欺骗他。她有一条原则:不欺骗别人。但是有些时候,坦白说,当她只能混淆事实、分散胡戈注意力的时候,向他隐瞒了部分事实。因为这个原因,她一直受到良心的折磨。为了不受良心的谴责,她说:"你必须知道,要听话,要理解我们生活在一个奇怪的时代。没有什么是它原来的样子。"

胡戈觉得妈妈很难过,他说:"我会的,妈妈。我一直都会听话。"

"谢谢,亲爱的。"妈妈回答。她感觉最近已经不能控制自己的语言了。话语从嘴里滑出来,没有重点。比如,她想告诉胡戈关于玛丽安娜的一些事和她的职业,这样胡戈就能了解,就能小心一些,但是她试着组织的语言并不能帮助她。

"对不起。"她突然说。

"妈妈,怎么了?"

"没事。我随便说说。"妈妈说着,用手帕捂住了嘴。

胡戈又一次紧张起来。在他看来,好像妈妈想告诉他一个大秘密,但是因为某些原因又犹豫了。这种犹豫让胡戈说了太多的话,重复说着已经告诉过妈妈的一些事。

"玛丽安娜有孩子吗?"胡戈试着换个问题。

"她没有结婚。"

15

"她做什么工作?"

"她劳动。"

为了结束询问,妈妈说:"没有必要问这么多问题。我再说一次,玛丽安娜是个善良的女人。她会像老鹰一样照看你。我相信她。"

这次胡戈感到受到了侮辱,他说:"我不问了。"

"你可以问,但是你得知道不是每个问题都有答案。有些事无法解释,有些事像你这么大的男孩是无法理解的。"为了安慰他,妈妈又说:"相信我,你会明白一切的。很快你就会明白很多事。你是个聪明的孩子,即使不给你答案,你也会明白的。"妈妈睁大了眼睛,两个人都笑了。

第四章

晚上终于到来了。在这个夜晚到来之前,是整整一天的挨家挨户的搜查、绑架和恐惧的哭喊。局势越来越紧张了,妈妈决定午夜之后他们就出发。在地窖的这段时间,胡戈没有害怕过。现在,当他跪在地上,把书塞进书包的时候,他的手颤抖了。

"我们有没有忘了什么?"妈妈问道,就像以前他们离家去度假前一样。

凌晨一点钟,他们走上台阶进入了黑暗的家。在黑暗中,胡戈还是可以看到他的房间——那张桌子、那张梳妆台,还有书架。他的书包就靠在书桌的脚下。他的脑海中闪过一个念头:"我以后再也不能去学校了。"

胡戈的妈妈匆匆忙忙地把一些小东西放到了手提包里,然后他们俩从后门出来到了街上。街上黑暗而沉寂,他们走的时候弯腰靠墙,以免被人发现。下水道的入口就在曾经的面包房附近。胡戈的妈妈拉开下水道口的盖子，先爬了下去。胡戈把手提箱和背包扔给妈妈，紧接着就双脚悬空了，妈妈把他抱在了怀里。他们很幸运，下水道的污水在这个时候并不深，但是沼气和令人窒息的空气让他们走不快。胡戈知道不少人在走出下水道的时候被抓住了。妈妈预计周六晚上那些卫兵都会喝醉，他们不会离开隔都而在这等待逃跑的人们。污水不停地上涨，空气越来越令人窒息。当他们吃力地跋涉前行时，胡戈晕过去了。妈妈还清醒着。她拖着胡戈前行，最终把胡戈拖了出来。当胡戈睁开眼睛的时候，他正躺在草地上。

"发生什么事了，妈妈？"胡戈问。

"刚才很闷，你不舒服。"

"我什么也不记得了。"

"没什么好记的。"妈妈想分散他的注意力。

胡戈以后会一再回忆起这个黑夜，试图把这些细节组织起来，一次又一次地想象着他的妈妈是如何把他从污水中拖出来、救了他的命的。

但是这时，在开阔的田野上逗留是非常危险的。他们弯腰低头，走向附近的一片树林。每过几分钟，他们就停下来，蹲下，仔细倾听。

"玛丽安娜晚上工作，你得习惯一个人待着。"妈妈告诉胡戈另外一个细节。

"我会读书，会做数学题。"

"希望玛丽安娜在壁橱里有灯。"妈妈颤抖着说。

"你什么时候来看我呢？"

"这不是我说了算的。"妈妈不带任何重音地回答。

然后他们休息了一会儿，没有说话，只是坐着。胡戈感觉自从他们离开地窖，走在下水道里，然后从里面爬出来，好像已经过了很长时间。

"爸爸也会来看我吗？"胡戈又问，毫不感觉又让妈妈心痛了。

"你难道没看出来，在户外走动是很危险的吗？"

"战争结束以后，你们会来看我吗？"

"我们会立刻来看你。我们一分钟也不会耽搁。"妈妈说着，很高兴这次她找到了合适的词句。

然后她告诉胡戈，她自己不打算回家。她会去附近的一个村子。她有个朋友在那儿，是跟她一起读书的朋友，这个朋友可能会愿意掩护她直到麻烦过去。如果这个朋友不帮忙，她会去克林尼萨[①]的一个村子，那里住着一个女人，曾是胡戈祖父母家的仆人，她是一位非常和蔼的老奶奶。

"为什么你不能跟我待在一起呢？"

"那里没有地方给我住了。"

然后，妈妈开始滔滔不绝地说话，就好像她在朗读或者背诵什么。她说的话，胡戈一句也听不明白。他只感觉到妈妈想要告诉他一些很难开口的事。这是妈妈的声音，但不是她平常的语调。

"妈妈。"

"怎么了？"

---

① Khlinitsa，位于乌克兰。

"你会来看我的对吗?"他的嘴里蹦出这样的话。

"我当然会来。你还有怀疑吗?"

静寂和黑暗交织在一起,柔软的土地上散发出潮湿的青草的气息。"秋季。"妈妈说道,她的声音抹去了关于令人窒息的下水道的记忆和黑夜中的恐惧。另一种景色,安静而迷人,浮现在眼前。

到了秋天,他们常常去喀尔巴阡山脉[①]待一个星期看落叶。秋季在大地上呈现出五彩缤纷的色调,他们漫步其中,尽量不去踩踏从树上飘落的染上了靓丽的色彩的硕大的落叶。胡戈的爸爸会弯下腰,捡起一片落叶,说:"真是浪费了。"

"浪费了什么?"妈妈适时地问出这个问题。

"这份美丽。"

他们还说了很多其他美妙的事,但是胡戈没有听进去,或者可能他忘了。那些日子,他和父母的相处美妙而温馨,他们说的话常常让他沉浸其中。

有那么一瞬间,胡戈觉得好像妈妈就要说:"太晚了,该回家了。我们错了,但是我们可以改正这个错误。"妈妈有时候会这样说,这是她乐观的表达方式。爸爸喜欢这种试着用自己的方式来说的话。

"你感觉怎么样?"妈妈问,瞪大了眼睛看着胡戈。

"好极了。"

"谢天谢地。还有半个小时我们就到玛丽安娜家了。"

胡戈还沉浸在喀尔巴阡山脉的回忆中,他想推迟这次别离:"为

---

① Carpathian,位于中欧,罗马尼亚附近。

什么这么急?"

"玛丽安娜在等着我们。我不想耽误她的时间。我们已经迟到了。"

"就一会儿。"

"不行,亲爱的。这条路太长了,远远超出了我的估计。"胡戈知道"远远超出了我的估计"这句话的意思,但是这次好像是从别的时空传来的话。

"几点了?"胡戈问。

"午夜过后两点半了。"

"奇怪,"这个念头闪过胡戈的脑海,"为什么妈妈要说'午夜过后'?这里周围都没有光。一切都笼罩在黑夜里。为什么要说'午夜过后'?这难道不是显而易见的吗?"

"已经太晚了。我不想太麻烦玛丽安娜。如果我们走快一点儿,我们应该可以在半个小时之内到达。"妈妈轻轻地说。

第五章

胡戈的妈妈是对的。不久,他们就站在了一扇窄小的木门前。妈妈敲了敲门,传出一个女人的询问,妈妈回答:"茱莉亚。"

门开了,一个穿着长睡袍的高个女人站在门口。

"我们到了。"妈妈说。

"请进。"

"我不想打扰你太多。胡戈的衣服在手提箱里,背包里还有书和游戏。我们穿过下水道来的。希望衣服没有弄脏。你认识胡戈吗?"

"自从上次见面以后,他长大了。"女人看着胡戈说。

"他是个好孩子。"

"我肯定他是。"

"玛丽安娜会照看你。从你很小的时候,她一直记得你。"

"妈妈。"胡戈叫了一声,好像他的嘴巴不让他再多说一句。

"我得马上离开,在天亮之前到达村子。"她说话怪怪的,急匆匆的,并从手提包里拿出一些金光闪闪的东西,给了玛丽安娜。

"这是什么?"玛丽安娜问,她并没有去看那些珠宝。

"给你的。"

"上帝啊。你怎么办?"

"我要离开这儿,去萨里娜那儿,希望日出之前能赶到。"

"小心点。"玛丽安娜说着,抱了抱胡戈的妈妈。

"胡戈,宝贝,"妈妈说,"要保持安静,有礼貌。不要老想着那些问题。不要打听任何事情。要多说'请',多说'谢谢'。"妈妈哽咽着说出这些话。

"妈妈。"胡戈试图多留妈妈一会儿。

"我得走了。好好照顾自己,宝贝。"妈妈说着,亲了亲他的额头,离开了他。

"妈妈。"胡戈想再叫一次,但是这两个字被堵在了嘴里。

胡戈看着妈妈离开。妈妈弯腰走过去,穿过灌木丛,自己开辟了一条路。当她被深沉的黑暗吞噬后,玛丽安娜才关上门。

天已经破晓了,但是胡戈没注意到。可能因为这个夜晚寒冷深入骨髓,也可能因为疲惫。他很困惑,"妈妈走了"。

"她会回来的。"玛丽安娜说着,但并不是真心的。

"这里离村子很远吗?"胡戈打破了妈妈给他定下的第一条规定。

"别担心你妈妈。她很有经验。她会找到办法的。"

"对不起。"胡戈试图补救。

"你一定很累了。"玛丽安娜说,带着他走到壁橱边。壁橱非常狭长,没有窗户,第一眼看上去像胡戈家宽敞的厨房。但是一股浓烈的羊皮味立刻让他想起鞋匠的地窖,她妈妈每过几个月都会带上鞋子去修理。

"这就是你的卧室。你要喝点什么吗?"

"谢谢,不需要了。"

胡戈看了下壁橱,仔细观察之下,发现了几件挂在衣架上颜色鲜艳的睡袍、几双鞋子,长椅上散落着丝袜、一件束身衣和一只胸罩。这些女人的东西吸引了他的目光。

玛丽安娜给他送来了汤:"喝吧,宝贝。你这一天一定很累。"

胡戈把汤喝了。玛丽安娜看着他说:"你是一个大男孩了。你多大了?"

"十一岁。"

"你看上去更成熟。把鞋脱了睡觉吧。明天我们一起坐下来,聊聊怎么让你和我在一起的日子快乐一点儿。"她说着,关上了壁橱的门。

外面还是很黑,猛禽的尖叫声从壁橱的缝隙间透进来,就像一只醒来的公鸡清亮的叫声一样。有那么一瞬间,胡戈觉得好像门马上就会打开,妈妈马上就会弯着腰走进来,这是过去几个星期里她走路的习惯。她会告诉胡戈她找到了一个绝妙的藏身之处,他们两个现在一起去那儿。她的声音和表情都很清晰,胡戈专心地等着她的到来。但是最后,疲倦压垮了他,他睡着了。

这场睡眠并不舒服,他的胸受到了压迫,他的脚蜷缩着。好几次，他试图从这种压迫中挣脱出来。最后他醒了，感觉好了一点。

现在他可以看清楚这个壁橱了。它比自己想象中的要小。光线从木板之间的缝隙透进来，照亮了壁橱的后半部分。前半部分仍然淹没在淡淡的黑暗中。

睡眠好像已经抹去了他心中的期待。他看见妈妈站在药房的柜台前，爸爸在她身边，时间好像凝固了，他们在原地一动不动。过去几个月里，他们心里满是看不见的恐惧。他们看起来宁静又安定，如果他们不变成僵尸，他们不会有任何变化。

胡戈还在想着他们被冻结的时候，门开了，玛丽安娜站在门口，穿着鲜艳的睡袍，手里端着一杯牛奶。

"睡得怎么样？"

"非常好。"

"喝了吧，我带你看看我的房间。"

胡戈接过杯子，喝了起来。香甜新鲜的牛奶喝下肚，一股暖流涌遍全身，让他暖和了过来。

"妈妈在哪儿？"他就是不能控制自己。

"她去一个小村子寻求避难。"

"她什么时候来看我？"他又一次犯了错误。

"这需要一点儿时间。来吧，我带你看看我的房间。"

胡戈很意外。这是一个很宽敞的房间，光线充足，四周都有帘子。房间里所有的沙发套都是粉色的，椅子套也一样。梳妆台上散落着五颜六色的瓶瓶罐罐。

"你喜欢这个房间吗？"

胡戈不知道该说什么，只好说："这里很漂亮。"

玛丽安娜低声笑了起来，是一种很难描述的压抑的笑声。

"这个房间非常漂亮。"胡戈试图纠正一下。

"白天的时间你可以在这里玩。有时候我白天睡觉，你可以看着我睡。"

"我会玩我的国际象棋。"胡戈告诉她。

"有时候我会把你藏起来，但是别担心，只是很短的一段时间，然后你可以回到这儿来。你可以坐在椅子里或者地板上。你喜欢读书吗？"

"非常喜欢。"

"你跟我在一起不会无聊的。"玛丽安娜说着，眨了眨眼睛。

第六章

玛丽安娜出门去了，留下胡戈一个人。这个房间不像平常人住的房间。粉红色的沙发套，香水的芬芳，让这个房间看起来像一间美容院。离他们住的地方不远就有一家美容院。那里的家具也是粉色的。他们在那些角落里给丰满的女人洗头发、美甲。在那里所有的事都伴随着慵懒闲适、开怀大笑和坦率的愉悦。胡戈喜欢伫立在那儿看这幅场景，但是妈妈的脚从来不曾迈进过美容院的门槛。每次他们经过那里，妈妈的嘴角就会浮起一抹胡戈捉摸不透的微笑。

很长一段时间，胡戈伫立在那儿，猜想这个宽敞的地方到底是做什么的。最后他自己下了个结论：这里不是一间美容院。这里没有美容院里的那种窄床。

这时，玛丽安娜回来了，端着一盘迷你三明治，说："这是给你的，坐在扶椅里，随便吃吧。"

胡戈记得在婚礼上，侍女会呈上这样的三明治。家里的三明治很简单，而且没有外面的包装纸。"这些三明治是婚礼上的。对吗？"他的嘴里冒出这样一句话。

"我们这儿喜欢吃这种三明治。好吃吗？"

"很好吃。"

"你前一阵子都待在哪儿？"

"我们家的地下室。"

"如果他们问你，不要说你之前在地下室。"

"那我应该说什么？"

"说你是玛丽安娜的儿子。"

胡戈不知道该说什么，不知该摇头还是点头。

胡戈意识到，他现在已站在自己生活中的一个新阶段的起点上，这段生活将充满秘密和危险，他必须小心翼翼，强大起来，像他答应妈妈的那样。

玛丽安娜一直看着他。胡戈觉得不舒服，想要避开她的注视，便问道："这是一所大房子吗？"

"很大。"她说着，大笑起来。"但是你只能待在我的房间里和壁橱里。"

"我能出去到院子里吗？"

"不行。像你这样的孩子都得待在房间里。"

他已经注意到，玛丽安娜说的话都很短，而且不像妈妈，她从不解释。

胡戈吃完三明治后，玛丽安娜说："现在我准备打扫房间，再洗个澡。你回壁橱去吧。"

"我可以自己下象棋吗?"

"当然,你想玩多久都可以。"

胡戈回到自己的地方,玛丽安娜关上了壁橱的门。

三个星期以前,反犹行动越来越激烈的时候,妈妈开始谈论胡戈生活中将要发生的巨大变化、他可能遇见的陌生人,还有未知的环境。她不用自己常用的简单的语言,而是用许多意义复杂的词,这些词承载着一个秘密。胡戈没问。他很困惑,妈妈解释得越多,警告得越多,他越困惑。

现在,秘密呈现在玛丽安娜的脸上。

胡戈以前见过玛丽安娜几次,都是在昏暗的小巷里。胡戈的妈妈带给她一些衣服和杂物。他们之间的会面非常令人动情,只有几分钟。有时候他们甚至好长一段时间都不见面,玛丽安娜的脸从他脑中消失了。

胡戈在属于自己的黑暗的角落里蜷缩着,身上盖了一张羊皮,在眼眶中打转的泪水决堤而出,在脸上流淌。"妈妈,你在哪儿?你在哪儿?"他像一只被抛弃的动物呜咽着。

他哭泣着睡着了。在睡梦里,他回家了。不,在他自己的房间里。每一件东西都在它自己的位置上。突然,安娜出现了,站在门口。她长高了一点儿,穿着一件传统的乌克兰长裙。那件裙子很适合她。

"安娜。"他叫了出来。

"怎么了?"安娜用乌克兰语回答。

"你忘了怎么说德语了吗?"胡戈吓坏了。

"我没忘,但是我尽力不说德语。"

"爸爸说你不会忘记母语的。"

"我想这是对的。但是后天外在的力量太强大了,我已经不会说德语了。"她飞速地说着乌克兰语。

"很奇怪。"

"为什么?"

"跟你用乌克兰语聊天很奇怪。"

安娜露出克制的笑容,他很了解这种笑容:一种混合了羞怯和傲慢的笑容。

"现在对你来说,说法语也很难吗?"

她又笑了:"在山里,人们不说法语。"

"战争结束以后,你回来的时候,我们会再说德语的,对吗?"

"我想应该是这样。"她像个大人一样回答。

只有现在,他才看出来安娜已经改变了很多。她长高了,身材也更丰满了。和他以前认识的安娜相比,她看起来更像一个年轻的农村姑娘。是的,一些特征还在,但是他们也长开了。

"安娜。"

"怎么了?"

"战争结束以前,你是不是不会回来找我们?"他问,被这个问题惊呆了。

"我的精神一直在这儿,但是我的身体,现在,必须待在山里。你呢?"

"我现在刚刚到玛丽安娜家。"

"玛丽安娜家?"

"我印象中她是个好人。"

"希望你没错。"

"妈妈也告诉我她是个好女人。"

"任何情况下,都要小心。"

"小心什么?"

"小心这个女人。"说完,她消失了。

第七章

醒来前的一刻，胡戈终于看到安娜缩回到了他熟悉的身形大小。他很高兴，安娜没什么改变，他兴奋得拍起手来，大喊："太棒了！"

胡戈开始漫无目的地仔细观察起这个壁橱。挂在钉子上的一顶色彩鲜艳的宽边帽吸引了他的目光。它看上去像一顶魔术师的帽子。他脑中闪过一个念头，玛丽安娜是一个魔术师。他想象着，晚上她热情地为马戏团的观众们表演，白天则睡觉。马戏团很适合她。他立刻想象出玛丽安娜的样子，她模仿鸟叫，高高地抛起球，头上顶着三个色彩明亮的瓶子，身体保持着令人不可思议的平衡。

门开了，玛丽安娜再一次伫立在门口。这次她穿了一件漂亮的印花裙，扎起了头发，手里端着一碗汤。"直接从厨房端出来的。"她说道。胡戈接过了汤，坐好，说了句"谢谢"。

"我的小宝贝过得怎么样？"她的声音有些刻意。

胡戈立即注意到了这种声调："我刚刚睡觉了。"

"睡觉很好。我也喜欢睡觉。你梦到什么了吗？"

"我不记得了。"胡戈没有透露任何秘密。

"我也做梦了，很遗憾，我记得。"她张开嘴大笑起来。

在家里，不管是爸爸还是妈妈都不会叫他"亲爱的""宝贝"或者其他这样常见的昵称。他的父母排斥这些亲昵的称呼。

胡戈很饿，迅速地喝完了汤。

"一会儿我把第二道主菜带给你。你玩象棋了吗？"

"我睡着了。我连背包都没打开。"

"吃完饭以后你可以在我的房间里玩。"

"谢谢。"胡戈说着，很庆幸自己努力听从了妈妈的教导。

胡戈和妈妈分开以后，只过了一天，这个新环境对他来说就已经不再陌生了。可能因为她们都具有一定的规律性，玛丽安娜的出现和离开，对他来说，好像有点像妈妈出现在地窖里。几个小时以前，他感觉好像妈妈就要走进壁橱了。现在，他看着玛丽安娜越走越远，隐没在黑暗里。

一会儿，玛丽安娜就回来了，带给他一个肉丸和一些土豆："我收到你妈妈的问候了。她到了那个村子，会一直待在那儿。"

"她什么时候会来看我？"

"你知道，路上很危险的。"

"或者我可以去看她？"

"对小男孩来说，这条路更危险。"

现在他每天都打瞌睡，有时候很兴奋，有时候又陷入忧郁。和父母朋友突然的分离，让他感觉自己被隔离了，被留在陌生的地板上，地板的地毯上有只巨大的猫望着他。

这很奇怪——胡戈并没有把妈妈平安抵达小村庄的消息当成一个好兆头。在他的眼里，妈妈总是属于他的。她有时候会消失，但是总是会按时回来。现在，他也只是把这个消息当作是理所当然的。他还没有意识到，现在，室外的每一次活动，如果能顺利结束，就是个奇迹。

胡戈把象棋从背包里拿出来，在棋盘上放好棋子，立刻就开始玩起来。读书、促膝长谈至深夜，这是属于妈妈负责的。象棋、在城内外散步，这是属于爸爸负责的活动。胡戈的爸爸不太说话。他总是倾听，然后回答一两个词。他们都是药剂师，但他们各自有自己的世界。象棋是一种很讲究博弈策略的游戏，胡戈的爸爸非常擅长。胡戈知道这项游戏的规则，但是他总是不够谨慎。当然，他总是冒一些不必要的险，丢一些不必要的分。爸爸从来不责备他的鲁莽和冒险，但是他会轻轻地笑，好像在说，每一个冒不必要的险的人都会输。

当胡戈的爸爸被抓去集中营的时候，胡戈一连哭了好几天。他的妈妈试图说服胡戈，说爸爸没有被抓走，只是和其他人一起被派去工作，而且很快会回来。但是胡戈不相信这种安慰。他把"抓去"这个词想象成被狼抓走了。没有任何词句能驱除他脑海中狼的形象。狼群时时刻刻都在增长，用他们尖锐坚硬的牙齿把抓来的人拖走。

几天以后，胡戈不哭了。

胡戈从棋盘上抬起了眼睛，这个陌生的、粉红色房间让他很困惑。梳妆台上，玛丽安娜的照片在镶着金边的相框里闪闪发光。她穿着异国情调的泳衣，腰肢纤细，胸部高耸着像两个甜瓜。

这是个奇怪的房间，他自言自语着，试着想象一间相似的房间，但是他只能想到一间叫"丽丽美发沙龙"的美容院，那些贵妇们靠在那里的躺椅上。胡戈的妈妈反感那里的一切。

胡戈沉浸在象棋中的时候，听到一阵女人的笑声。他对这栋房子还不太熟悉，不能分辨出这笑声是来自隔壁的房间还是院子。

他感觉自己的生活被许多秘密包围了。它们的实质到底是什么？他只能自己探索答案，这种探索引导他到了一个陌生和不同寻常的地方。这次，他觉得好像他的体育老师在笑。她无拘无束，在管理员和学生面前放声谈笑。她是学校的规则制定者。

胡戈站起来，走到窗户旁边，把窗帘推到一边，看到一个小到以前被忽视的小院子，周围是一圈密密的篱笆。两只棕色的母鸡站在院子当中。

他站在那儿，听着。笑声还在持续，但现在已经有所节制，好像什么人给那个发笑的女人戴上了嘴套，或者她自己捂住了嘴。"好奇怪"，胡戈自言自语，很惊讶那个安静的小院子就那么空在那儿。

天空出现了晚霞，胡戈看到他的朋友奥托出现在他眼前。奥托的脸上挂着一副失败的表情，看起来非常明显，特别是他的嘴。现在胡戈非常清楚地记得，奥托下象棋输了的时候，是怎么挥舞他的手的。因为每次他输了，都是这样挥手，这个姿势深深地刻进了胡戈的记忆中——像冻结的动作。

胡戈的妈妈过去常说"奥托藏在地窖里"，但是胡戈看到他被塞进了其中一辆运送被捕的人们去火车站的大卡车里。

有那么一刻,胡戈觉得好像奥托就站在门口。

"奥托,是你吗?"他小声地问。

没有回音。胡戈知道他做错了。玛丽安娜给过他非常明确的指令:"如果有人敲门,不要回应。"

他蜷缩在房间的角落里,一动不动。

第八章

时间流逝。夜色从窗口倾泻进来，变换了房间的明暗。对胡戈来说，那些潜伏在未来的危险似乎都消失了，这间粉色的房间不但让他感觉愉快而且让他很有安全感。虽然他的直觉一直告诉他这是玛丽安娜的领域，是禁止他进入的，但是一种巨大的欲望驱使他爬上了那张宽大柔软的床，盖上了被子。

他又一次看见了自己的家——客厅、父母的卧室和他自己的房间。他的家并不宽敞，也不豪华，但是非常舒适。奥托和安娜的父母每个星期天都会来拜访。胡戈会在自己的房间招待朋友们，请他们喝柠檬水或吃水果。周末的时候，他的父母常常会买枣子和无花果。这些极具异国风情的水果让他们可以感受到他们生长的那片遥远而温暖的土地。

客人来拜访的时候，会招待他们咖啡和蛋糕。一种新鲜的香味弥漫了整个房间。一切都顺利而令人愉悦。客人们离去后，剩下的东西上散发出伤感的气息。胡戈的父母会沉浸在阅读中，胡戈则坐在自己的房间里，回想他的小客人们。

窗口透进来的光暗了下来，一朵小小的云彩罩在了篱笆旁的灌木丛上。胡戈看出来那是丁香花，就像他的小花园里的一样。他心中涌上一种快乐，就好像他看到了自己熟悉的人。

胡戈五六岁的时候，变得多愁善感，为了突然凋谢的丁香花他会哭泣。胡戈的妈妈在胡戈难过之后，会向他保证，春天的时候，它们将重新绽放，一切都会像以前一样。胡戈喜欢妈妈的乐观。她总是能把一件事从消极变成积极的色彩，让人愉悦。

他的爸爸则相反。他不知道怎么去美化现实，也不知道怎么从另一个角度去看或者改变它们。他的沉默下深深地根植着怀疑论。他并没有宣扬自己的悲观，但是很明显，他不会去美化现实。胡戈爱他的爸爸，但是他并没有受到这种观点的影响。在妈妈面前，他总是感到兴高采烈。他的妈妈能抚慰每一个人的悲伤，就好像说，可以帮助别人的话，为什么还要在伤感中消沉呢？

现在胡戈又看到爸爸了。因为某些原因，自从他被抓走以后，好像苍老了一些。他的头发变灰了，许多皱纹爬上了他的脸。胡戈对爸爸这种突然的变化感到很难过，就像妈妈过去那样，他说，这是幻觉，一种脱离现实的想法。它会很快消失，一切都会回到原来的样子。

当他胡思乱想的时候，夜幕降临了。从玛丽安娜的房间看去，壁橱非常暗，甚至挂在衣架上的彩色睡袍也无精打采地垂着。胡戈对于自己孤身一人、远离父母和朋友感到很难过。

正当胡戈陷入自怨自艾时，玛丽安娜出现了。她穿着和下午一样的裙子，但是现在更妩媚，嘴唇红润，头发盘了起来，露出了细长的脖子。

"我亲爱的年轻朋友怎么样？"她声音嘶哑地问。

"我自己下了一会儿象棋。"他赶紧道歉。

"很遗憾我不知道怎么下。我会很高兴跟你一起下的。"

"我可以教你。没那么难。"

"玛丽安娜的头脑已经生锈了。不学习头脑就会生锈。自从学校毕业以后，我就没有学习过。"

"你可以试试。"胡戈用他妈妈的口气说道。

"这完全是浪费时间。"玛丽安娜一边说，一边摆手拒绝。

房间里的光线越发暗淡。不过，他能感觉到玛丽安娜喝多了，称呼胡戈"我亲爱的年轻朋友"，显然已经忘记了他只是一个男孩。现在，玛丽安娜突然换了一种语气说："亲爱的，过一会儿你得去壁橱里。"

"我已经准备去了。"胡戈说着，手里捧着放象棋的盒子。

"晚安。做个好梦。"

"你有没有可能给我一盏灯？"胡戈问，忘记了自己正处于危险中。

"一盏灯！"玛丽安娜大笑起来，"在壁橱里你不能开灯。你就在壁橱里闭上眼睛睡觉吧。要是我也能在晚上睡觉就好了。"

"请见谅。"胡戈说道。

"为什么你要请求我原谅?"

"因为我要求有一盏灯。"

"你不必为了这么小的事情请求原谅。过来,我给你个晚安吻。"玛丽安娜蹲了下来,胡戈靠近她。她把胡戈抱在胸前,亲吻了他的脸和嘴唇。

一股白兰地的气息向他袭来。

"不给我一个吻吗?"

胡戈亲了亲她的脸颊。

"你不该这么亲吻。你太用力了。"

胡戈再一次捧住她的脸,亲吻了她。

"我以后得好好教教你怎么亲吻。"玛丽安娜说着,关上了壁橱的门。

胡戈呆立在原地,好像受了什么打击一样:他从来没有过和别人这样的接触。

从玛丽安娜的房间到壁橱这样的过渡,就好像从一个色彩缤纷的世界到了一个压根儿弥漫着羊皮气味的被黑暗笼罩的世界。胡戈已经有些适应这气味了,但还不适应这种黑暗。玛丽安娜每次关上壁橱的时候,他都感到一种沉重的窒息感。当这种窒息感越来越沉重的时候,胡戈就站起来,靠近缝隙。

白天的时间,胡戈可以看到那片放牧牛马的草地、那片灰色的田野和两座被藤蔓覆盖的房子。他看到了孩子们背着书包,走在去学校的路上。多奇怪啊——他想,所有的孩子都能去学校,只有我被禁止学习。为什么我要受到这样的惩罚呢?

"因为我是一个犹太人。"胡戈自问自答。

"为什么犹太人要受到惩罚呢?"他追问。

他们在家里不讨论这个话题。有一次,他问妈妈人们怎么区分谁是犹太人谁不是。

妈妈的回答很简短:"我们无法区分犹太人和非犹太人。"

"那为什么人们要除掉犹太人呢?"

"这是个误会。"

这个令人费解的答案一直盘旋在胡戈的脑海里,他试图弄清楚这种误解缘起何处、或者谁引起了这种误解。

"这是犹太人的错吗?"他有一次问过这个问题。

"你不能这么笼统地说。"妈妈温柔地回答。

自从胡戈记事起,他就试着记住一些零散的句子,理解这些句子的含义。这些努力并没有带给他乐趣。他的爸爸鼓励他有逻辑地去思考。相反,他的妈妈则叫他接受所有发生的事,不要去问一些不必要的问题,因为不是每个问题都会有答案的。你应该热情地对待人们,不能每次付出都索求回报。

"胡戈,你得慷慨一些。慷慨的人不可悲。"这是胡戈妈妈最重要的原则,她一生都践行着这条原则。在药房里,穷苦的人们可以免费得到药品,但是他妈妈不满足。她凭一己之力帮助这些穷苦的人。她会到他们家里去看望他们,给他们带些热饭热菜或者一些钱。她常常带些新鲜的食物和暖和的衣服给玛丽安娜。

不仅穷苦的人会到药房来,还有些精神病人、小偷、甚至罪犯。

药房不止一次被警察和侦探包围过。胡戈的父母一致认为，如果有人来寻医求药，不应该对他过细盘问。有几次他们因为帮助了越狱犯而受到了指责。他的妈妈一直说："我们不是圣人，但我们不能无视需要帮助的人们。"

第九章

　　胡戈把自己包裹在羊皮里，他感觉自己好像马上就会睡着。但是近在咫尺的这场好觉消失了，他在一个空旷、无声的地方醒了过来，他又一次看到了他来这里的那条路。他的妈妈一只手提着手提箱，另一只手提着背包。背包太重了，胡戈背不动。

　　"新的生活。"胡戈自言自语，并不知道自己在说什么。

　　当人们取出他的扁桃体的时候，胡戈并不知道从自己的身体里取出了什么，自己还要遭受多少日子这样的痛苦。两个护士和一个医生围绕着他，冷峻残酷地看着他。胡戈的爸爸妈妈无助地站在他们后面，满眼慈爱地看着他，好像在对胡戈说："你并不孤独。我们会尽全力保护你的。等一会儿这些医护人员就离开你了，你就能回到我们怀抱了。我们知道，这并不容易，但是几天后这一切就会过去的，你就可以跟我们在一起了，永远在一起。"

胡戈非常清晰地看到了自己的父母。那些藏在他心里的遥远的往事揭去了面纱，直接呈现在他面前。胡戈很难过，自己和深爱的父母被隔离开来，他不得不躺在冰冷恶臭的羊皮上。

当胡戈沉浸在这种恐怖的景象中时，他听到玛丽安娜房间里传来的声音。这是一个有怨气的男人，毫无掩饰地表达着自己的不满。这个男人说德语，但是和胡戈说的德语不同。胡戈大部分意思都听不懂。刚开始，这种偷听给胡戈带来一种乐趣，但是随着这种不满越来越强烈，可以听出这个男人的声音中带着一种明显的威胁。

胡戈确信无疑地辨出了玛丽安娜的声音，她正试图安抚那个男人，但是那个男人坚持己见。最后玛丽安娜说了几句话逗笑了他。争执平息了，他俩以胡戈几乎听不见的声音窃窃私语着。

胡戈已经毫无睡意。伴随着越来越敏锐的警觉性，他清醒了。从玛丽安娜房间里传来一阵刺耳的声音，好像他们正在挪动一件沉重的家具。这种动作的声音越来越强烈，可以听得很清楚他们的嘴被堵住了，他们只是默默地做着那些胡戈看不见的动作。

然后胡戈听到玛丽安娜说："如果你不想要我，你可以选择其他女人。我不是这所房子里唯一的女人。"胡戈没有听到那个男人的回答。他们在争执，但并没有怒气。最后，胡戈听到那个男人说："你很清楚我的条件是什么。"

"我试了，但并不总是成功。"

"那是你的问题。"

"我一直都酗酒，但你最近才开始抱怨。"

"因为你太过分了。一个喝醉的女人是一个极具破坏力的女人。"

"你错了。一个喝醉的女人是一个摆脱了所有束缚的女人,她知道怎么去爱。"

"我不喜欢人们把事情混为一谈。喝酒是一件事,爱是另外一件事。"

"但我确实认为把两者结合起来是一个好主意。没有酒精的爱情是沉闷的,充满了禁忌,乏味至极。"

"我明白你的意思。"那个男人说,但明显不同意玛丽安娜的看法。

"你能怎么办?这就是我。很明显我是不会改变的。"

虽然胡戈很累,但仍然听懂了整段对话。"喝醉"和"白兰地"这两个词对他来说并不陌生。他的舅舅西蒙德,喝白兰地上瘾,胡戈家里时常讨论这个话题。当他醉醺醺地来到胡戈家时,胡戈的妈妈总是让胡戈远离客厅,让他上楼去自己的房间里。西蒙德舅舅是一个快乐的酒鬼。他拿自己的醉酒开玩笑,逗每个人开心。只有胡戈的妈妈不笑,西蒙德舅舅的酗酒让她很伤心,有时甚至会哭泣。

不一会儿,胡戈就睡着了。

在梦里,胡戈和父母在一起,他们正在普鲁特河里游泳。西蒙德舅舅突然出现了,他醉醺醺的,浑身肮脏。胡戈的妈妈绝望地想在胡戈面前掩盖这丢人的一幕。但是她的双手不够大,于是她扔了一条宽大的浴巾到胡戈头上,完全盖住了他。胡戈感到窒息,试图把毛巾扔掉,但是妈妈用两只手紧紧地捂住毛巾,不听他的喊叫。一会儿妈妈的手松开了,胡戈跌进普鲁特河里,眼前的一切突然变得又黑又闷。

妈妈用两只手抓住胡戈,喊着:"有男孩溺水了!有男孩溺水了!救命!"可能因为窒息,也可能因为这阵尖叫,胡戈从噩梦中醒来了。

第一缕晨光从缝隙中照进衣柜。玛丽安娜的房间现在传来愉快的声音,好像玛丽安娜和一个男人正在床上滚来滚去,互相扔枕头。很明显这不是之前抱怨的那个男人。这是一个快乐的男人,正在逗玛丽安娜开心。

"你真有趣。"玛丽安娜不停地说。

"我不是故意逗你开心的。"

"但是你的确让我笑了。你对我真好。"

"我要尝尝你。"

"我也要尝尝你。"

笑声越来越大,显然他们在一起很开心。

过了一会儿,胡戈听到那个男人的声音。"太晚了。我得走了。"

"你什么时候回来?"玛丽安娜立刻问。

"我不确定。我的小分队今天要北上了。"

"如果你回来,别忘了我。"

"当然不会。"

"我对你很好,对吗?"

"非常好!"

一阵短暂的沉默过后,那个男人说:"我的分队可能会被派上前线。"

"希望不要。"玛丽安娜说道。

"祈祷我不会受伤吧。死都比受伤好。一个受伤的男人和死了差不多。我照顾过很多伤兵。"

"我会为你祈祷的,我发誓。"

"你去教堂吗?"

"有时候去。"

"我的全名是约翰·塞巴斯蒂安。我的父母用一位著名的作曲家给我命名。他们希望我能成为一个音乐家。"

"我会为你祈祷的,我发誓。"

"这是个奇怪的要求吗?"

"不,为什么这么说?"

"过去两年,我见过太多伤兵了。"

"别害怕,亲爱的。"

"我不怕死,我怕受伤。"

那个男人走了,玛丽安娜也在他之后立刻离开了。一切又复归寂静。

胡戈把头枕在羊皮上,自言自语着,这里发生的事情真奇怪。我什么也不明白。胡戈闭上了眼睛,西蒙德舅舅又一次出现在他眼前。因为嗜酒,西蒙德一直没完成他的医学研究。他答应胡戈的妈妈会很快戒酒,回到他们中间。这件事他说了好几年了。

他丢脸的事不止酗酒。有时候,他会带着一个女人,一般来说都来自底层,而且也酗酒。女人会在所有人面前紧紧地贴着他,抱着他,吻他,宣称:"西蒙德是个王子,西蒙德是个国王。"看到这样的女人,胡戈妈妈的眼睛都气红了。胡戈的爸爸没这么敏感,西蒙德舅

47

舅偶尔出现的时候,他会坐下来跟西蒙德聊聊医学和文学。胡戈并不理解他们的对话,但是他很喜欢看他们。即使在那时,胡戈也对自己说:"我看到的每一件事,都会牢牢记在心里的。"时光流逝、死去的人不会再回来的这个想法,在那时已经让他感到痛苦。

第十章

很显然,胡戈被遗忘了,因为玛丽安娜再次端着牛奶出现在壁橱门口时,已经是十点钟了。

"玛丽安娜的可爱的甜心小宝贝怎么样了?"

"他很好。"胡戈也被玛丽安娜这种说话的方式感染了。

"一会儿玛丽安娜要打扫房间,你也可以一起来。玛丽安娜今天上午不会睡觉。她得去城里,给她自己买点东西。你可以一个人安静地玩儿。"

"谢谢。"

"为什么你对每一件事都说谢谢?玛丽安娜不习惯被感谢。只有对重大的事情,你才需要说谢谢。"

"比如什么事?"胡戈很想问这个问题,但他忍住了。

胡戈喝下了热牛奶,每一小口喝下去,都极大地缓解了自他醒来就一直折磨他的饥渴。就这一会儿工夫,玛丽安娜已整理完她的房间,化好了妆,还换了衬衫,当她回到胡戈面前时,已经像完全换了一个人:她的脸看上去一副明媚爽朗的样子。一种心满意足的妩媚的笑容照亮了她。

"亲爱的小宝贝,玛丽安娜要锁门了。任何人敲门都不要开。"

玛丽安娜这种用第三人称来称呼自己的方式一时间让胡戈感到有趣。他从没有听过人们用这种方式谈论自己。玛丽安娜又一次重复了她的要求:"任何人敲门都不要开。你不能犯一点儿错,听到了吗?"

有时候玛丽安娜用德语跟胡戈说话,这些德语并不正确,有点儿像小孩子说的话。好几次,胡戈都想纠正她,但是他心里知道玛丽安娜不会喜欢这样。

出门以前,玛丽安娜对胡戈说:"如果你饿了,就吃梳妆台上的三明治。它们很好吃。"然后没再说别的,玛丽安娜就锁上了房间的门,离开了。

胡戈站在原地一动不动,一瞬间,他感觉以前的生活好像是处于一个梦幻世界,遥不可及。眼前的现实世界是壁橱、玛丽安娜和她的房间。

这种想法渗透到他的思想中,一股强烈的渴望淹没了他。自怜的情绪随之而来。

胡戈立刻崩溃了,眼泪涌了出来。他放声大哭,感觉到孤独筑起的墙包围了他。他哭了很长时间,最后,他的哭泣变成了断断续续的抽泣,听起来就像一条丧家犬的呜咽。

胡戈哭得太厉害,以至于精疲力尽地就睡倒在地板上,毫无知觉,甚至连玛丽安娜回家都没有吵醒他。直到玛丽安娜用脚碰了碰他，他才醒过来，意识到自己睡着了。

"我的小宝贝打了个盹儿。"

"我睡着了。"

"现在我们喝些热汤吧。你怎么没吃三明治？"

"我睡着了呀。"胡戈重复道，试图恢复之前的风趣。

"有人敲门吗？"

"我什么也没听到。"

"亲爱的，你睡得像一头猪。"玛丽安娜说着，咯咯地笑了起来。

玛丽安娜立刻离开，给他带回一碗汤和两个肉圆。胡戈坐在地板上吃了起来。玛丽安娜坐在床上看着他。

"亲爱的，你多大了？"玛丽安娜问道，显然忘了自己已经问过胡戈这个问题了。

"十一岁。不久前刚刚过了生日。"

"你看起来比实际年龄大。"

"妈妈什么时候会来看我？"胡戈没管住自己的嘴。

"现在外面的世界对犹太人很危险。她最好待在室内。"

"我是安全的，对吗？"胡戈问。

"你在玛丽安娜的房子里。对你来说有一点陌生，但你很快就会适应的。如果有人问你是谁的孩子，你就大声地告诉她们，'我是玛丽安娜的'，明白吗？"

这种说法再一次吓了胡戈一跳，但他没说出来。

"我考虑了很久。你得好好学学乌克兰语。你看起来跟玛丽安娜很像。你的头发是深金色，你的鼻子也很小。如果你的乌克兰语说得

51

再好一点儿，别人就认不出你是犹太人了。我们慢慢来。你不要那么着急。"玛丽安娜说着，没有任何解释。

玛丽安娜一直坐在床上，关注着胡戈的一举一动。不知道她在胡戈身上寻找什么。胡戈感到很有压力。他很快吃完了饭，把碗递给了玛丽安娜。

"玛丽安娜累了。现在她要睡一两个钟头。你，亲爱的，回到你的窝里去吧。"

胡戈站起来，回到了壁橱。他学会了低头弯腰走路——就像小动物被命令离开房子时低着头一样。

胡戈从背包里拿出了象棋。他放好了棋子，立刻就开始玩了起来。游戏玩得很顺利。他想起了爸爸关于开局的警告。开局的时候，一子错，满盘皆落索。当胡戈下着棋的时候，爸爸出现了。他像在一个霉暗的藏身处待了很久的人。他的脸色惨白，面黄肌瘦，深陷的眼眶里流露出疲惫的目光。

"爸爸，你去哪儿了？"胡戈从棋盘上抬起了头。

"别问了。"爸爸回答，显然忘记了他是在跟自己的儿子而不是一个成年人说话。

"爸爸，你看上去很苍白。"

爸爸低下了头说："我在一个封闭的地方待了很久。"

"我会像你一样苍白吗？"胡戈的问题紧随而来。

"亲爱的，你不会在壁橱里待很长时间的。战争一结束，我和你妈妈会立刻来接你的。你一定要耐心。"爸爸说着，消失在黑暗里。

"爸爸！"胡戈喊了出来。

他的喊声没有得到回应。

不一会儿,爸爸又一次出现在他面前。胡戈跟他悄悄地谈了很久。胡戈告诉爸爸,他现在有玛丽安娜保护。玛丽安娜很忙,很少来看他。但是她提供的饭菜很好吃。生活像是一个猜不透的谜题,而且越来越令人费解。有时候玛丽安娜看起来像一个魔术师,有时候听上去她又像一家饭馆的老板。很多人来她的房间看她,但是这些会面并不总是令人愉快的。听了这些情况,胡戈的爸爸微笑着说:"玛丽安娜就是玛丽安娜。在任何情况下,你都必须小心。"

"小心什么?"

"你得照看好自己。"

这是他爸爸说话的方式。他总是只说一个词或是很简短的句子。他的话总是有所保留。

有一天早上,胡戈鼓起勇气问玛丽安娜:"这是什么地方?"

"栖身处。"她回答得干脆利落。

"我以前从没听过这个名字。"

玛丽安娜笑着说:"别担心,你会听到的。"

第十一章

时间流逝，胡戈眼里的每一样事物都染上了秋季的色彩。天空的云很低，笼罩在草地上。天还没亮，孩子们就漫步在去学校的路上了。零星地有满载梁木的马车经过，还有肩上扛着长镰刀的农夫。

胡戈已经不再数日子了。如果他像曾向妈妈保证的那样读书或者做数学题的话，他就不会受良心的谴责了。他还未打开过一本书或者笔记本。那些曾在他的家里、学校里、院子里或者游乐场里的事物，现在似乎已经远离了他的生活。

他密切留心着玛丽安娜说的每一句话，完全被她的日程和喜怒哀乐牵制着。当她情绪不佳时，她的脸色都变了。她咕咕哝哝地抱怨着，咒骂着，流着泪，摔碎瓶瓶罐罐。胡戈更喜欢她喝醉。她喝醉的时候，心情非常愉快，用第三人称讲很多关于自己的事，很用力地亲吻胡戈。

每一天，胡戈都对自己说，明天他要开始读书、做数学题以及写日记。他每天都这样许下承诺,但从未兑现。他甚至都没有下完过一盘棋。他的注意力都被玛丽安娜吸引住了。他期待着玛丽安娜的回来,如果她晚回,他会担心。有时候,胡戈感觉好像玛丽安娜就站在外面保护着他,但有时候他又感觉玛丽安娜一点儿也不在乎他。玛丽安娜的注意力都被她的裙子、她的化妆品、她的香水占据了,她只关心自己。"玛丽安娜被诅咒了。每个人都向她索取,却从没有人对她付出。"当她生气或者心情不好的时候,她常常咕哝这句话。胡戈有种罪恶感,想去告诉她:"我什么也不想要,有你在我身边就够了。"

有一次,玛丽安娜对胡戈说:"别害怕。玛丽安娜像母狮子一样会保护你的。如果有人敢碰你,我会把他撕成碎片。我跟你妈妈发过誓,我会像老鹰一样照顾你,我一定会这样做。茱莉亚对我来说比亲姐妹还亲。"

"他们想要抓我吗?"胡戈没忍住问出口。

"当然。他们一栋房子一栋房子地搜查犹太人。但是你不用怕。你是我的。你看起来很像我,不是吗?"

玛丽安娜说这些话,本来想要安抚胡戈,却让胡戈心里感到不安。胡戈眼前立刻浮现出很多士兵拥进一所所房子,把躲藏的人们拖出来的景象。

"他们会来这里搜查吗?"胡戈小心地问。

"他们不敢来我的房间和壁橱的。"

玛丽安娜的话总是简单直接。但是她的每一句话很快就会让胡戈脑海中浮现出画面,这画面会盘旋一整天,有时候甚至两天。

"我很难理解他们为什么要迫害犹太人，"有一次，玛丽安娜说道，"他们中有很善良的人，更不用说你的妈妈茱莉亚，她全身心地投入慈善中去。她没有一个星期不带着水果和蔬菜来看我。"

当她说"全身心地投入"时，胡戈仿佛看到妈妈像一只瘦弱的鸟，在城镇的街道上空滑翔，一会儿在这里降落，留下一包东西，一会儿在那里降落，给一位穷妇人一包衣服。胡戈的爸爸常说："语言是表达思想的工具。你得清晰精确地表达自己的看法。""清晰"和"精确"也是描述他自己的关键词。胡戈的妈妈不像他爸爸那么精确。但是妈妈说的每一个词对胡戈来说都很有画面感。现在，不可思议的是，同样的情况也发生在玛丽安娜身上了。胡戈的脑海中闪过这样的想法：一种陌生的但是很简洁的表达方式也可以很精彩。

但是玛丽安娜情绪低落的时候，她的脸上阴云密布。她从来不问也不许诺任何事情。她递给胡戈一杯牛奶，然后立刻把自己扔到床上，一睡就是几个小时。有时候睡眠也能缓解她的情绪。她醒来的时候就像换了一个人，她会告诉胡戈自己的梦，把他贴身抱着。这样的时间就像是恩典，胡戈非常珍惜。

但是睡眠并不总是能让玛丽安娜摆脱低落的情绪。睡前困扰她的事，她醒来后依然受困扰。她跺着脚，摔着瓶瓶罐罐，宣布接下来的日子她要从这里逃走。这种绝望的宣告也让胡戈心里隐隐不安，但是玛丽安娜的一丝笑容就足以驱散恐惧——他立即确定玛丽安娜不会卖掉他或者抛弃他。

然后日子一天天过去。有时胡戈看见奥托，有时看见安娜。他们出现的时候，他高兴得想狠狠地吻他们，就像玛丽安娜吻他一样。有次他们两个一起出现，胡戈突然喊出来"亲爱的"，听到这样奇怪的称呼，奥托和安娜瞪大了双眼，但是什么也没说。

安娜告诉胡戈她生活的那个山里的小村子的一切，奥托告诉胡戈他也在一个小村子里找到了一处避难所。有一瞬间，胡戈觉得好像战争很快就会结束了，每个人都会回到他们本来的地方，恢复普通的生活。但是胡戈心里知道，一切都不可能回到从前了。在隔都躲藏的日子已经在他身上留下了烙印，那些他曾经会使用的词句，已经越来越无力。现在他沟通不是靠词句，而是沉默。这是一种不同的语言，但是当一个人适应之后，会立刻发现没有比这更有力的语言了。

第十二章

一天晚上,玛丽安娜的房间里传出愤怒的声音。玛丽安娜在说德语,一个男人在纠正她的每一个错误。这种纠正逼得玛丽安娜要疯了,她生气地说:"我们在这儿是享乐的,不是学习语法的。"

"一个不讲究的女人永远都是一个不讲究的女人。"

"我或许很不讲究,但是无价之宝。"

这个男人怒吼着辱骂着回应她,显然,他还打了她一耳光。玛丽安娜嘶喊着,但并没有屈服。最后,那个男人威胁要杀了她,但是玛丽安娜并不害怕,朝着他吼道:"你可以杀了我。我不怕死。"

争吵突然停止了,有一阵子在胡戈听起来好像玛丽安娜在颤抖着抽泣。他站了起来,把耳朵紧紧贴在墙上。但什么声音也听不到,沉默越来越浓重。胡戈害怕地颤抖起来,再次蜷缩在沙发上。

在胡戈家里,家人们的言谈举止总是优雅得体的。只有西蒙德舅舅喝醉了的时候,会迸出一两句脏话或咒骂。胡戈的妈妈会让他住嘴,说:"孩子们都听着呢。"她所说的孩子确实听到了,而且很好奇这些被禁止说出口的脏话本来的意思是什么。

过了一会儿,玛丽安娜的房间里传出一个女人的声音。这个女人非常温柔地对玛丽安娜说:"你一定不能跟客人吵架。客人来是让自己开心、放松的。他不喜欢你评价他或者反驳他。"

"我嘴里吐出的每一个字,他都要纠正,我觉得他在用自己的舌头折磨我。"

"你在乎什么呢?就让他纠正好了。"

"你说的每一个字他都要纠正,这是种什么变态的行为啊。这简直比毒打还糟糕。我可能很不讲究,但我不是个奴隶。"

"亲爱的,我们的职业要求我们非常非常有耐心。每个客人都有自己的怪癖。别忘了,整个过程也不过一个小时,你很快就能摆脱他了。"

"我已经厌倦了。他可以为所欲为,但是不可以纠正我的德语。"

另一个有农村口音的女人很温柔地跟玛丽安娜说话,叫她去夫人那里道歉。"如果你不道歉,并且表示懊悔的话,她会解雇你的。丢了工作可是很丢脸的事。"

"我不在乎。"

"你一定不能说'我不在乎'。那些说'我不在乎'的人都是绝望的。我们相信上帝,我们不轻易绝望。"

"我不去教堂。"玛丽安娜还是很逆反。

"但是你相信上帝和救世主。"

玛丽安娜没有回答。从她的沉默里，可以看出她的固执在慢慢融化。最后，她问道："我该跟她说什么呢？"

"告诉她，'我道歉，以后我再也不会评价客人了。'"

"我很难说出这样的话。"

"就像吞咽口水一样，一直说。这就够了。"

胡戈专心地听着，把每一个字都听了进去。

胡戈懂乌克兰语。他向他家的女仆索菲亚学的。索菲亚曾经说："如果你学好乌克兰语，我就带你去我的村子。我住的村子里有很多动物，在那里你可以跟小马和小牛玩。"索菲亚总是很开心，从清早到晚上一天的工作结束，她常常唱着歌，唠叨不停。

胡戈开始上一年级的时候，索菲亚对他说："你每天都要去上学真是太糟糕了。学校就是所监狱。我讨厌学校和老师。老师曾经朝我大吼大叫。她侮辱我，叫我'傻瓜'。的确，我不太会做数学题，我的书写也常常有错误，但是我是个文静的女孩儿。她喜欢犹太孩子，她常常说，'以他们为榜样。向他们学习怎么思考。把你们脑子里的垃圾清理干净，储存些思想。'

"我希望你不会难受。我在学校的那些年都是煎熬，我很高兴逃出那所监狱的高墙。啊，我忘了，亲爱的，"她拍了一下额头，"我忘了你就是个犹太人。犹太人学数学没有问题。你们会举手回答问题的。你们总是举手。不管谁举手，总是能说出正确答案。"

胡戈很爱索菲亚。她胖胖的，总是很快活，说话时总是用俗语谚语。不论遇到什么事，她都很开心。当胡戈的父母不在家时，索菲亚总是说些粗话，像"贱人""婊子""混蛋"什么的。

有一次,胡戈问妈妈:"什么是婊子?"

"我们不说这样的话。这是脏话。"

"但是索菲亚说。"胡戈差点说出来。

每次胡戈听到这个词的时候,都会浮现出索菲亚用一块硬硬的海绵洗澡的画面。因为说这个词的人都很脏,得好好清洗自己的身体。

现在,在黎明前的黑暗里,胡戈看到了索菲亚的身体,她像以前一样,唱着歌,嘟哝着,脏话从她嘴里涌出。这幅熟悉而清晰的画面立刻让胡戈想起了家,家里的一切——他的爸爸,他的妈妈,那些夜晚和他的小提琴老师,那位每当胡戈拉走了调,他总是闭上眼睛以示抗议的小提琴老师。

胡戈学小提琴的进程很慢。"你有非常出色的辨音能力,你也练习,但是你内心没有强烈的渴望。没有强烈的渴望,就不会有真正的进步。音乐应该从你的指尖流淌出来。指间没有音乐的手指是失明的手指。他们一直在摸索,总是会犯错或者走调。"

胡戈知道自己想要什么。但是他不知道具体该怎么做。有时候他能感觉音乐就在他的指尖,但是需要更多的努力,这些音符才会呈现出本来的样子。但是他心里知道,这座"正确演奏"的高山非常陡峭,他很怀疑自己能不能攀登上去。

安娜在这方面也比他好多了。安娜已经在学校年末的晚会上表演了,她在这方面的前途毋庸置疑。胡戈努力不落后,但是他的成绩总是很平庸,成绩报告上没有一个"优秀"。

在"年度优秀生"的称号上,安娜只有一个竞争者——弗朗茨。弗朗茨在每门科目上都非常出色。他能轻易地解答数学题目,熟练地写作，旁征博引烂熟于心的诗歌和名言。他很瘦，头发竖立，所以大家都叫他"刺猬"。但是别担心，班上没有一个学生能望其项背。他的脑子里满是那些城市的名字和重要的日期、国家领导人、将军、诗歌和发明家。他如饥似渴地阅读所有的书籍。他不止一次地用自己的博学让老师感到羞愧。有一次，安娜嫉妒地说："他根本不是人，就是个机器。"弗朗茨听到了她说的话，回击说："安娜的知识水平是有限的。"

于是竞争就开始了，甚至战争和隔都都不能阻止。弗朗茨确保安娜得到了他的每一项成绩。安娜仔细检查了每一项成绩后说："在法语方面，没有人是我的对手。"

在壁橱的黑暗中，胡戈以前的生活突然看起来似乎非常繁忙。他的妈妈过去常说："为什么要比赛？为什么要贬低自己？竞争和嫉妒有什么好处？每个人尽力做最好的自己，这就够了。"过去胡戈并不明白"尽力做最好的自己"的意思，但是现在他无比清楚："我应该专心致志地倾听、观察，记下我的所见所闻。我的周围都是秘密。我必须记录下这些秘密。"自言自语着这些话，好像有一束光照亮了黑暗的壁橱，胡戈知道，把他从下水道里拖出来救了他的命的妈妈，又一次拯救了他。

第十三章

　　胡戈整夜兴奋地颤抖。从今往后,他将清楚地记下他的所见所闻,到战争结束的时候他就会记满五大本,这个想法点燃了他的想象。他的字写得很整洁,经过一番努力,他还可以写得更好。

　　他妈妈有一本绒皮封面的笔记本,她过去常在本子上记下一天里发生的事——关于家庭、药剂师和药房,当然还有对人们及时的帮助。有时,她会坐下来,大声读出她的日记。胡戈很难想象他的爸爸会坐下来写日记。

　　胡戈的爸爸只有在棋盘上时,才会打开他的心扉,但绝不过分。妈妈会说:"汉斯的想法有条理,他的文章也思路清晰,他知道每天仓库里还有些什么东西,还有多少,要是没有他我该怎么办?他让我得到了救赎。"胡戈的爸爸通常用那种"你这是在夸大其词"的形式回应。

　　有些人热爱并尊敬胡戈的妈妈。另外有些人敬仰他的爸爸，并且只选择从他那里开药方。在帮助穷人，或者关于他的舅舅西蒙德这方面，他们的看法并没有差别。他妈妈爱她的弟弟，因为他是她亲爱的大弟弟。他的爸爸爱他，因为他与自己截然不同。他出口成章，让人愉悦的能力让自己惊奇不已。与妈妈不同的是，胡戈的爸爸从来不会劝他戒酒。

西蒙德舅舅没有喝醉的时候，胡戈得到允许，可以听他与别人的对话，甚至可以问他一两个问题。胡戈的问题让西蒙德感到快乐。他说，犹太人是个奇特的民族，他们长着鹰钩鼻和恐怖的双耳，然后，他当即指着他的鼻子和耳朵，瞪出他的眼睛，说："看着西蒙德，你想怎么说他都可以，但他可绝对不英俊。从那一点来看，他是他们种族的杰出代表。"胡戈的妈妈并不同意她弟弟的观点。要不是白兰地，女人们早就排着队来牵他的手了。他高大英俊，能流利地说德文的诗歌和谚语。他甚至还熟知乌克兰民歌。当他想留给人深刻的印象时，他会说拉丁语。胡戈的妈妈为他而骄傲，同时也为他而羞愧。他曾是家族的希望，过去，人人都说："西蒙德注定要成为伟人。你会听说他的故事。"

这个希望并没有持续很久。即使他还是个学生的时候，他的目光就停在了酒上。那时候，白兰地使他愈加迷人，不过，随着他长大，他愈喝愈多，他的外表被糟蹋了。人们与他保持距离，他也陷入了自己的幻想。

西蒙德舅舅被捕了，跟胡戈的爸爸一起被流放。这会儿，胡戈看见他，高高的个子，一个大大的迷人的笑填满了他的大脸。他在讲笑话，唱歌。每次他说一句脏话，胡戈的妈妈就会喝止他。

胡戈带到壁橱里的大多数画面已经从他脑海里蒸发了，不过西蒙德舅舅的身影并没有。日复一日，他的身影越来越高大。他妈妈总是说："那不是西蒙德，可他还剩下什么？如果他不喝酒，他还会是曾经的样子，他的位置是在大学里，而不是在一个酒馆里。"

的确，西蒙德是酒馆最喜欢的顾客。在那儿，他挥霍了家里给他的几乎所有的零花钱，临近月底，他会向朋友借钱。他敲开熟人家的门要钱，这让胡戈的妈妈极为痛苦。她每次都会递给他一两张钞票，求他不要再向陌生人借钱。

西蒙德舅舅到家来的时候，胡戈的爸爸会露出特别的表情来招待这位亲切的客人。西蒙德舅舅背诗忘词时候，他会帮忙提示，然后马上脸红。只要胡戈的爸爸不得不指出同伴说话时出的错误或者话里的夸张情况，他就会脸红。不过，现在，胡戈看到他们俩在一起，他的爸爸没有钦佩他的妻弟，而是身为妻弟的舅舅默默钦佩着他的爸爸。

夜里，清晰、集中的图像呈现在胡戈面前，他不闭上眼睛。他等待清晨的到来，然后打开笔记本，正如向妈妈承诺的那样，写下一天的事情。他觉得写作变得容易起来了。

晨光透过壁橱的缝隙，一点一滴地进来，壁橱里的漆黑依然未被触及。时间过得缓慢，饥饿压倒了他。这一次，玛丽安娜又来迟了，他所有的注意力都集中在了他所受到的压力上，夜里感动过他的清晰的影像消失得无影无踪。

直到十一点，玛丽安娜才出现，她的脸乱糟糟的，穿着睡袍，递给胡戈一杯牛奶。

"我太困了，亲爱的，"她说，"你估计又渴又饿。我这是干了什么事，亲爱的？"

"我在想我家的房子。"

"你想念它吗？"

"有点儿。"

"我会带你出去，可是现在一切都很危险。士兵们挨家挨户地搜人，告密的人埋伏在各个角落里。你必须得耐心点儿。"

"战争什么时候结束呢？"

"谁知道呢。"

"妈妈告诉我，战争不久就会结束了。"

"她也遭受着折磨呢。她过得也不容易。农夫害怕把犹太人藏在家里，好不容易有个把人藏在那儿的，都生活在巨大的恐惧中。你能理解的，是吗？"

"他们为什么要惩罚犹太人？"他问，不过他立即就为这个问题后悔起来。

"犹太人与众不同。他们总是那么不一样。我爱他们，可多数人不喜欢他们。"

"就因为他们问了不该问的问题？"

"你为什么这么认为？"

"妈妈告诉我，不要提问，只要听就好，可我总是破了规矩。"

"你想问多少问题你就可以问多少，我的小甜心，"玛丽安娜说着抱住他，"我喜欢你问我。当你问我问题的时候，我看到了你的爸爸妈妈。你妈妈是我的天使，你爸爸是个英俊的男人。你妈妈有这样一个男人是多么幸运啊，我生来就没有这样的好运气。"

胡戈听着，察觉到一种嫉妒的情绪悄悄潜入了她的声音。

几天之前，他听到玛丽安娜和一个朋友聊天。"我想念那个犹太男人，"她突然说，"他们善良温柔，和他们在一起，是温和的、正确的。你同意吗？"

"我完全同意。"

"他们总会带给你一盒糖果或者一些丝袜，他们吻你的时候就像你是他们真心爱着的女朋友。他们从来不伤害你。你同意吗？"

"当然。"

那一刻胡戈仿佛理解了她们的话。玛丽安娜的话与以往他听到的都不一样。她说起了她的身体，不，她说起的是她害怕自己的身体会背叛她。

"亲爱的，我们过一会就去洗个澡。洗澡的时候已经到了，对吗？"

"在哪儿？"

"我有个秘密的浴缸。我们一会儿再说。"她一边说，一边眨了眨眼睛。

第十四章

每隔几天,玛丽安娜就会忘记胡戈。这回,她已经忘记他好几个时辰了。十二点的时候,她穿着一件粉红色的睡衣,站在壁橱门前,愧疚地看着他说:"我亲爱的小伙伴在做什么呢?我忽视了他,他整个上午什么都没吃,他一定又饿又渴。这都是我的错,我睡得太久了。"

她匆匆忙忙地带给他一杯牛奶和涂着黄油的面包。温热的牛奶立即被一饮而尽。

"你是不是醒了有好几个小时?你在想些什么呢?"

"我在想我的舅舅西蒙德。"胡戈没有隐瞒。

"可怜的家伙,他是个好人。"

"你认识他吗?"胡戈允许自己这么问。

"我小时候就认识他了。他很帅,也是个天才。你妈妈以前觉得他一定会成为大学教授,可是他开始酗酒,把他的生活都给毁了。那样对他来说真是太糟糕了。他是个好舅舅,对吗?"

"他总会给我带礼物。"

"什么礼物，譬如？"

"书。"

"有时候，他会来找我，我们会说很多话，然后大笑。他常常让我大笑。他现在哪儿？"

"他和爸爸一起在一个劳工营。"胡戈不假思索地回答。

"我非常爱他。我甚至做梦都想和他结婚。你还饿，我再给你拿些三明治。"

胡戈喜欢玛丽安娜给他的食物。在集中营，食物稀缺。他妈妈尽了一切可能甚至是做了不可能做到的事来给他想办法做吃的。在这儿，食物很美味，尤其是三明治。由于三明治的存在，这个地方在他看来就像一个大饭店，来自不同城市的人们来这儿吃饭，就像洛费尔饭店那样，他和妈妈过生日的时候，他们就会去那里。他爸爸是不愿意过生日的。

吃完三明治，胡戈问："这儿有学校吗？"

"我已经告诉过你，有一个，但不是给你上的。你现在正躲在玛丽安娜这儿，一直要到战争结束。像你这样的孩子必须得藏起来。你是不是觉得无聊？"

"不。"

"下午，我们要洗个澡。是时候该洗个热水澡了，对吧？我给你带了一个小礼物，一个你可以戴在脖子上的十字架。我现在就帮你戴上。这会成为你的魅力所在。这份魅力会保护你。你不准摘下它，无论白天还是黑夜。来，我给你戴上。嗯，它和你配极了。"

"这儿的孩子都戴十字架吗？"

"当然。"

胡戈觉得自己仿佛被老师叫到了黑板前，拿回自己的成绩单。老师说："胡戈是个好学生，他还会取得进步。"

在玛丽安娜房间里的橱后面，真的有一个浴室。浴室宽敞而奢华，还有些小橱柜、梳妆台、垫子、色彩缤纷的肥皂条以及香水瓶。

"我拎两桶热水来，我们待会儿从水龙头加点冷水，这样我们洗澡的时候就可以像在天堂一样。"玛丽安娜用一种愉快的语气说。

胡戈被这里的颜色惊呆了。它是个浴室，却不同于他以往见过的任何一个浴室。这儿奢华铺张的排场表明人们在这儿绝不仅仅是洗澡。

不久，浴缸就满了。玛丽安娜试了试水温，说："妙极了，现在把衣服脱掉，亲爱的。"胡戈吃了一惊。他妈妈在他七岁时就不再给他洗澡了。

玛丽安娜察觉了他的尴尬，说："别害羞。我会帮你用香皂洗澡。跳进来，亲爱的，跳进来，我马上帮你全身涂满肥皂。你只要进来，之后你就自己擦肥皂。"

尴尬消失了，一种奇怪的愉悦包围了他的身体。

"现在站起来，玛丽安娜替你从头到脚涂上肥皂。肥皂可要制造奇迹咯。"她为他涂肥皂，用力帮他搓洗，但那种用力也令人舒服。"再进来浸一下。"她说。快洗好时，她给他用温水冲洗。"好孩子，你真听玛丽安娜的话。"

她把他包在一条大大的、香喷喷的浴巾里，帮他把十字架戴在脖子上,看着他说:"是不是很漂亮?"

"棒极了。"

"以后我们就经常这么洗。"

她吻了他的脸和脖子,说:"现在是晚上了,天黑了。我要把你锁在橱里,亲爱的。你是玛丽安娜的,对吗?"胡戈想要问她一些事,不过转眼他就忘了这些问题。

玛丽安娜说:"洗完澡,你会睡得好一些。他们不让我夜里睡觉,真是太坏了。"

为什么?他正要问,又及时住口了。

那一夜是安静的。尽管他的的确确听到了玛丽安娜房间里传来的低沉的声音。他能够感受到黑暗里的寒冷,夜里微弱的光亮穿过木板的缝隙,在他的睡榻上留下一格一格的影子。

洗澡,玛丽安娜给他在脖子上戴十字架的画面交织在一起,好像成为了一场神秘的仪式。

那晚,胡戈梦见壁橱的门打开了,妈妈就站在门前。她还穿着他们分开时穿的那件衣服,不过现在看上去更厚一些,仿佛她刚刚在衣服里塞了些棉花。

"妈妈!"他大声叫唤。

听见他的声音,她把手指放在嘴边,轻声说:"我也躲着呢。我来是告诉你我一直在想你。战争看来还要很久,别挂念我。"

"战争大概什么时候结束?"胡戈用颤抖的嗓音问。

"天知道呢。你好吗?玛丽安娜没有欺负你吧?"

"我觉得挺好。"他说。而他的妈妈,不知什么原因,失望地把肩

71

膀缩紧说:"如果你过得不错,那意味着我能够安安静静地走了。"

"别走!"他想要拦住她。

"我不能在这儿。不过我有件事要告诉你。你很清楚,我们没有遵从我们的宗教信仰,可我们从来没有否认我们的犹太血统。不要忘记,你戴着的十字架,只不过是你的伪装,而不是信仰。如果玛丽安娜或者别的我不认识的人让你改变信仰,什么都不要跟他们说。他们让你做什么,你就做什么,不过在内心深处你得知道:你的爸爸妈妈、你的爷爷奶奶,都是犹太人,你也是一个犹太人。做一个犹太人不容易。人人都想要迫害你,但那不会使我们卑贱。做一个犹太人不是优秀的标志,但也绝不是耻辱的标志。我想跟你说这些,为的是让你的灵魂不会堕落。每天读一两章《圣经》,它会给你力量。好了,这些就是我想对你说的。很高兴你过得挺好,我可以平静地走了。战争显然还要很久,别挂念我。"她说着,走远了。

胡戈痛苦地醒来。许多天来,他都没有如此清楚地看到过他的妈妈。她的脸看起来很疲劳,可她的声音很清楚,她的话很有条理。

几天前,他向自己保证会每天记日记,但他没能遵守自己的诺言。他已经不愿意打开背包拿出文具了。**我为什么不写?没有什么事比这更简单了。我只要伸出我的手就可以拿到笔记本和自来水笔。**就这样,胡戈一边坐着一边说,仿佛他不是在自言自语,而是在跟一个叛逆的动物说话。

第十五章

白天变短了。寒冷从缝隙里钻进来,冻住了壁橱。那些羊毛也不能使胡戈暖和。他穿了两件睡衣,戴了一顶羊毛帽子,可是寒冷依旧从每一个角落渗透进来,胡戈无处可逃。夜里,要是没人在玛丽安娜的房间,她打开门,房间里的暖气就会流入壁橱。

过去的一些画面偶尔闪过眼前,又迅速消逝。胡戈担心某一个晚上,寒冷和黑暗会联合起来杀死他,到战争结束,他爸爸妈妈来接他时,他们只会找到一具冰冻的躯壳。

玛丽安娜知道夜里该有多冷,每天早晨,她说:"我能做什么呢?要是我能够把炉子从我房间挪到壁橱就好了。你比我更应该拥有它。"玛丽安娜这么说的时候,他感到了她的由衷的爱,他想哭。

不过在她房间里的早上是非常快乐的。蓝色的炉子发出轰鸣声,散发着热气。玛丽安娜搓着他的手和脚,驱散他身上的寒冷。神奇的是寒冷的的确确离他而去了。

有时候,他觉得玛丽安娜仿佛派给了他一个重要的角色,因为她总是说:"你是一个大人了,你已经一米六十厘米高了。你像你的爸爸和你的舅舅西蒙德,是大家一致认为的英俊的男人。"

那些话给了他勇气,但在阅读或者写作方面,并起不了多大作用。

一天早上,他问玛丽安娜:"你读《圣经》吗?"

"你为什么这么问?"

"妈妈喜欢给我读《圣经》。"他告诉她还记得的一些故事。

"我还是个小女孩的时候,每个礼拜天我都会和我妈妈去教堂。那时候我喜欢教堂,喜欢赞美诗和牧师的布道。牧师是那么虔诚,我那时候都爱上他了。他显然察觉到了我对他的爱,每次我靠近他,他都会吻我。从那时候起,发生了许多事情,玛丽安娜也变了很多。他们带你去犹太教堂吗?"

"不,我父母不去犹太教堂。"

"犹太人不那么信仰宗教了。奇怪,他们以前的信仰都是非常坚定的,突然他们就不再相信了。"几分钟沉默后,她说:"玛丽安娜不喜欢他们宣扬道德或者让她忏悔认错。玛丽安娜不喜欢他们干涉她的生活。她的父母干涉得已经够多了。"

每天,玛丽安娜跟他讲一些她的故事,不过那些未知的总是要比已知的多很多。

第十六章

一天，玛丽安娜醉醺醺、气鼓鼓地从镇上回来，她的脸上乱七八糟，下巴上还涂着口红。"发生了什么事？"胡戈站起身问。

"都是些畜生。只会从玛丽安娜这儿窃取、掠夺。无论她给他们什么都满足不了他们。他们只会要更多，更多，那些吸血鬼！"

胡戈不理解她为什么生气，但他不怕。几个月来，他与她在一起，已经了解了她的脾气。他知道一会儿她就会蜷在床上一直睡到晚上。睡觉对她有好处。等她起床后，心情就会平静下来。**亲爱的，**她会问，**你刚刚做了什么？**仿佛她之前的愤怒从未发生过。

这次不一样。她坐在地板上，嘴里不停地重复："杂种，狗娘养的。"胡戈靠近她，坐在她身边，拿起她的手放在自己的嘴边。这个动作似乎感动了她，她抱着他说："只有你爱玛丽安娜，只有你不想从她身上得到任何东西。"

那一刻,他以为她要和他说些别的什么。**现在玛丽安娜要睡觉了,你,亲爱的,就坐在她身边,看着她睡觉吧。你照顾着玛丽安娜的时候,她会更安静**。这一次,她让他惊讶,她向他眨眨眼说:"来跟我一起睡吧,我不想一个人睡觉。"

"我要穿上睡衣吗?"

"不需要,只要把你的鞋子和裤子脱掉就行了。"

玛丽安娜的床很软,被子摸上去很舒服,还散发着香味。胡戈随即发现自己睡在了玛丽安娜的怀抱里。"你真好,真甜美。你对玛丽安娜别无所求,你就是关心她。"胡戈感到她身上的温暖流淌到了自己身上。

以前,妈妈在他睡觉前会坐在他身边。她会念书给他听,她会注视着他的眼睛回答他的问题,不过他的双腿从未碰到过她的膝盖。

这会儿,他正被玛丽安娜的长手臂环抱着,紧紧靠着她的身体。

"和玛丽安娜在一起怎么样?"

"很好。"

"你真的好诱人。"

没几分钟,她就睡着了。胡戈还醒着。他到玛丽安娜这儿来的那一天重新闪过他的眼前。现在他觉得甚至她喝醉了也是美好的。乱涂在她下巴上的口红只是增添了她的魅力。如果玛丽安娜过来,我会对她说什么?这个想法在他脑海里闪过。我会告诉她我很冷,壁橱冷得把我的腿冻僵了。这个突然的念头让他的舒适蒙上了阴影。

天色渐暗,玛丽安娜在平静中醒来。"亲爱的,我们睡了太长时间了。"她像对自己家人那样对胡戈说,而不是像某一个初次睡在她床上的人。"现在,我们得穿好衣服,玛丽安娜一会儿就要去工作了。"

玛丽安娜迅速穿上衣服,化好妆。她想起胡戈还没有吃过中饭,匆匆忙忙去给他拿了点汤。那儿已经没什么汤了,不过她带来一些卷着蔬菜的三明治。"我让我亲爱的挨饿了,现在让他吃饱。"她说着,跪下来在他脸上吻了一下。玛丽安娜吻起来很用力,有时候还会咬人。

"对不起,你必须得回到壁橱里去了。别担心,玛丽安娜不会忘了你,她知道这里很冷,可是她又能做什么呢?她必须得工作。没有工作,她就没有食物,她就没法养活她妈妈。你理解玛丽安娜,是不是?"她又吻了吻他。这次,他没有克制自己,他握住她的手吻了一下。

不久,玛丽安娜的房间里传来一个男人的声音。这声音是严厉的。玛丽安娜被命令换掉床单,她怀着好心情照着做了,还一边开玩笑一边说:"你怀疑我可就不应该了。每个客人走后我都会换掉床单和枕套,这是信任的基础。我的职责是让你们愉快,可不是不舒服。我在换呢,这样你就会觉得舒服了。"

那个男人并没有在玛丽安娜房间待多久。他一走,她就打开壁橱门,房间里的热气来到了冰冰凉的壁橱。胡戈想起来谢谢她,不过他克制着自己。

他穿在身上的两件睡衣,头上戴的帽子,还有玛丽安娜房间里来的热气终于让他暖和起来。他等着睡意来袭。他听到又一个男人进来了,一进门就说外面实在太冷了,他已经当了五个小时的班,总算结束了，真是太好了。

"你总是在值守吗？"玛丽安娜问。

"我已经执行过各种恶心的任务，守卫一个军事设施并不是最糟糕的。"

"可怜的家伙。"

"士兵并不是可怜的家伙，"他纠正她，"士兵是在履行他的职责。"

"没错。"玛丽安娜说。

然后，他跟她讲家里寄来的有趣的信，士兵们的父母、祖父母寄给他们的奇奇怪怪的包裹，有个士兵还收到了一双拖鞋。显然，他需要有人倾听，而他，找到了一双时刻准备着的耳朵。

胡戈偷偷听着，听着，渐渐乏了，睡着了。

第十七章

胡戈梦见了奥托。第一眼看去,他一点儿也没变。从他妈妈那里继承而来的同样的怀疑与悲观的神情横亘在他的脸上。只是他原本苍白中泛着粉红的脸颊变黑了,皮肤变得厚实了,这让他看起来像个农夫。

"你认识我吗?"胡戈问。

听到胡戈问,奥托笑了,黝黑的褶皱在他额头和脸颊上绽放开来。

"我是胡戈,你不认得我了吗?"他努力强调道。

"你想从我这里得到什么?"奥托耸耸肩。胡戈很熟悉这个动作,不过在家时,这个动作往往伴随着一些欲言又止的悲观的判断。而现在,是一阵沉默的颤抖。

"我赶了很远的路来看你,我想你。"胡戈努力想勾起他的回忆。

"你想从我这里得到些什么?"奥托的紧盯着的目光拒绝一切接近。

胡戈坐下来观察他：一个农民小伙子，穿着松松垮垮的衣服，鞋子是劣质皮做的，小腿上裹着绑腿。"如果你不理我，那我就走了。"他总算找出话来跟他说。

奥托低下头，算是回应，尽管他知道那是个没有礼貌的行为。

"奥托，我不是来打扰你的，如果你不想理我，或者你忘了我，或者出于别的我不知道的原因，我现在就消失。你可以随自己的喜好来选择朋友，不过有件事我想告诉你，你深深地印在我脑海里，一点儿都不亚于安娜。你或许忘记了我，但我绝不会忘记你。"

听到胡戈的话，奥托抬起了头看着他，好像在说，**不要浪费时间了，你说的话我一点也听不懂**。显然，那不是拒绝，不是无视，也绝非鄙视。奥托已经完全变了。他以前的样子已经荡然无存。

胡戈又一次环顾四周：山上绿荫环绕，宽广的平原上，农夫们在一起不紧不慢地收割着金色的稻谷。过一会儿，奥托就会加入他们。在这里，是无需言语的。奥托比在家时更快乐了。在这儿，他投身于四季的变化中。这里没有意料之外的事情发生。这儿，不会有妈妈来宣布早晨和夜晚。"如果这就是生活，那我就放弃我的那一份。"这儿的每个人都吃得上饱饭，家畜们服从人们的指令。没有人会讨论、争辩，到了晚上，他们归拢自己的东西，回到自己的农舍里。

突然，奥托向胡戈传递了一个神情，仿佛在说，**把我忘了，你的想法不再是我的想法了。我属于这个地方，这是一块没有奇迹的土地。这是辛苦艰难的乡下，但无论是谁在这里，他的悲观都会被治愈。悲观是种严重的疾病。我可怜的妈妈把它遗传给了我**。

"将来我们会怎么样？"胡戈问。

奥托呈现出农夫惯有的神情，好像在说："那不关我的事。犹太人和他们的悲观差点把我送往地狱，现在，感谢上帝，我摆脱了他们。"然后，他就消失了。

因为玛丽安娜房间里发生的骚动，胡戈醒来了。玛丽安娜在歇斯底里地大叫，一个男人威胁道："你再不闭嘴我就杀了你。别忘了，我是个军官。和军官在一起，别讨价还价。我说什么你就做什么。"可威胁并没能让她安静下来。

这时，听到一声枪声。这声音穿透了房子和壁橱。片刻间，玛丽安娜的房间凝固了。走廊里，院子里，什么声音都没有了。后来，只剩下玛丽安娜爆发出的嚎啕大哭的声音，一些女人进来了。"你伤着了吗？"其中一个女人问。

"我没有受伤。"她喃喃道。

"那就好了，"之前那个女人继续问，"他想要你怎么样？"

玛丽安娜仍然呜咽着告诉女人们那个军官对她的要求。她说得很详细。可是胡戈还是完全不理解她所说的事情。女人们都一致认为她们不能屈服于那样的要求。她们说了许多，带有一种姐妹间的情谊，这稍微缓和了之前的震惊。

之后，大家都离开了玛丽安娜的房间。又是一片寂静，一点声音都听不到，只有院子里水滴答滴答敲打地面的声音。从壁橱的缝隙里，第一缕晨光穿透进来，长长的，碰到了胡戈的双脚。他瞬间忘记了那一声枪击以及受到的惊吓，对光线的好奇心使得他的注意力转移了。

一会儿，胡戈听到一个女人说："他并不打算杀她，他只是想要吓吓她。"

"他害怕这丢脸的事会被其他官兵知道。"胡戈听见一个上了点儿年纪的女人说。

"如果是那样，那他就是打算杀了她。"

"你又能说什么呢？我们这份工作是很危险的，他们应该给我们一份风险补助金。"

胡戈听到一阵笑声，女人们说话的声音互相交杂在一起。胡戈知道这之后会有责怪、澄清、威胁，最终，玛丽安娜不得不道歉，并承诺将来她不会再大喊大叫，会一五一十地按照顾客的要求去做。

很奇怪，知道这一点以后，他的恐惧平息下来，内心得到了抚慰。再过一会儿，天就要大亮了，一切都将还是原来的样子。下午，玛丽安娜将捧着一碗汤，站在壁橱的门口。

第十八章

风停了下来,大雪却丝毫没有止息的迹象。胡戈站在壁橱的缝隙边,看着厚厚的雪花渐渐堆积起来。那白色的景象让他想起在家时星期天的早晨:索菲亚会去教堂祈祷,爸爸穿着日常的衣服,会准备一顿精美的早饭,妈妈会穿上一件新的居家服。留声机里放着巴赫奏鸣曲,蓝色的瓷炉房散发出怡人的温暖。

胡戈喜欢这种放松的气氛,完全没有工作日的紧张与匆忙。星期天的早上,所有的忧虑都消失了,他们忘了药店的事情,妈妈甚至都不会说起他关心着的那些穷人。他们三个都沉浸在音乐和此刻的静谧中。

索菲亚从教堂回来后,她身上落满了雪。胡戈的妈妈会帮她抖落身上的雪花,为她准备一杯咖啡、一片蛋糕,大家都坐在她的身边。索菲亚会告诉他们教堂里的事物和布道,也会告诉他们一些让她印象深刻的寓言或者谚语。有一次她背诵道:"人类并不仅仅依靠面包而生活着。"

"这句话，哪里最打动到你？"胡戈的爸爸问。

"我们有时候会忘了我们活着是为了什么？看起来谋生是主要的一件事情，物欲之爱，或者财富是最主要的，这真是一个大大的错误。"

"那什么才是重要的东西呢？"胡戈的爸爸想帮她总结出来。

"上帝。"她说着，眼睛睁得大大的。

索菲亚是一个矛盾的人，每个礼拜天她一定会去教堂，有时候一个礼拜的中间几天她也会去，但是到了晚上，她更喜欢在酒馆里消磨时光。她不会喝醉，这是真的，不过她回来的时候总是很快乐，步伐有一点点跟跟跄跄的。一些曾经和她约会、承诺要和她结婚的男人到最后又改变了主意。由于那些错误的誓言，索菲亚决定回到她的故乡。在村里，没有一个男人敢随意许下结婚的诺言，却又背弃这一诺言。如果一个男人向一个女人许诺结婚，最后却失信了，他们会埋伏着等着他，把他打倒在血泊里。

胡戈喜欢听索菲亚的故事。她对他说乌克兰语，她热爱她的母语，希望胡戈也能够没有口音，也没有错误地说。胡戈尝试了，但并不总是能做到。

索菲亚与她的父母以及父母的朋友都不同，似乎她出生在另外一个大陆上：她说话大声，并且伴随着夸张的动作，有时候她觉得人们没有理解她，她就动用那张大大的脸来模仿邻居和求婚者的样子。她也唱歌，她跪在地上唱歌的模样，让每个人都放声大笑。

壁橱里的寒冷丝毫未减，早晨，玛丽安娜常常迟到，她带着胡戈的一杯牛奶。有时候她会去镇上,然后一整天都忘了他。不过有时候她会说:"到玛丽安娜这儿来,她会抱抱你,亲爱的。"这样,她把他从那寒冷的黑暗中带到了她那充满活力的胸前。接下来的几小时,他就躺在她的床上,被环抱在她修长的手臂中,陷入不可思议的无知无觉中。

他整天整天地期盼着这个时候的到来。而一旦这个时候真的来了,他就像僵住了一样,不知道该怎么说怎么做。但这种情况并不是每天都发生。通常,玛丽安娜都是醉醺醺的,脾气暴躁,一头栽倒在床上,昏睡起来。

就这样,日复一日。有些时候,胡戈只能看着壁橱的柜板以及玛丽安娜褪了色的居家服挂在挂钩上,这样的日子是阴郁的。壁橱窄窄的缝隙只能让他看到围栏以及落光了叶子的灌木丛。**这里是个监狱**,胡戈对自己说,**在监狱里是不能阅读的,也不能做作业,甚至不能下棋。监狱禁锢了思想与想象**。这个想法在他脑海里已经盘旋了好几天了。自从意识到这一点以后,他就担心自己的大脑会慢慢变空。他将不再思考或者想象。一天,他终将像去年冬天自己家院子里的树一样倒下。不过,当玛丽安娜最终想起他,打开壁橱的门说:"玛丽安娜的亲爱的甜心在做什么呢?"胡戈的恐惧就会瞬间消失,然后起身。

第十九章

一天，当他们还相互拥抱着在大床上睡觉的时候，玛丽安娜惊慌失措地醒来。"很晚了，亲爱的，"她大叫，"你现在必须立刻进壁橱。"胡戈听后，觉得自己的身体都在发抖，他爬起来一声不吭地爬进壁橱。

安静。玛丽安娜的房间里一点声音也没有，仿佛过一会儿，门就会打开，玛丽安娜就会像她往常那样叫唤：亲爱的，到我这儿来。

胡戈满怀期待地听着。

不久，他发现玛丽安娜和她的伙伴彼此都很欢喜，她们在轻声说话。从他听到的零星话语中，他知道这次没有争吵和谴责，一切都在默契中悄然无声地进行着。

玛丽安娜把他从床上赶出去是为了能和成年男人睡在一起。突然，胡戈满脑子都是这个想法，他又嫉妒又生气。

他太生气了，为自己感到十分遗憾，然后他就睡着了。

他梦见了妈妈。她年轻漂亮，穿着她最喜欢的府绸睡袍。

"你不再爱我了吗？"她带着挑逗的微笑问。

"我？"他有些吃惊，就像那些被揭露了隐私的人那样。

"你更爱玛丽安娜。"她说，假装自己很生气的样子，以前她也会这样做。

"我非常爱你，妈妈。"

"你这么说只不过是出于礼貌。"她说着，消失了。

胡戈从梦中醒来了，明白了这场梦的意思。要是妈妈就在他身边，他会努力安慰她的。可她不在，她的那番话仍然还悬在黑暗之中，像一次证据确凿的控告。

这时，房间里的男人已经换了一个人。玛丽安娜房间里传来不快的声音。新来的那个男人说话严厉，玛丽安娜试图让他理解的努力也是徒劳。又是和以前一样的指责：酒。那个男人提醒她，上次她也保证过不再喝酒了，而她又一次食言了。之后，暴风雨渐渐平静了下来。

清晨的第一缕亮光穿入壁橱，壁橱里呈现出一条条的光亮。过一会儿，玛丽安娜就会给胡戈带来一杯热牛奶，他这样安慰自己。可是玛丽安娜还是像以前那样忘记了他。他太渴了，只得轻声叫唤："玛丽安娜。"玛丽安娜听到他的叫声，打开壁橱门，冲进来："你不准叫我。我警告你，不要叫我。永远不要叫我。"愤怒冲上她的脸，她的脸阴沉沉的。

很久，胡戈都蜷缩着躺在角落里。下午，玛丽安娜端着一杯牛奶站在壁橱门前。"玛丽安娜的小亲亲觉得怎么样？夜里过得好吗？冷不冷？"仿佛什么都没有发生过。

"我睡着了。"

"睡着了好。你都不知道睡觉有多好。我要去镇上看我妈妈了。我妈妈病得很重，而且她孤身一人住，没人照顾她，我姐姐也不愿意来照顾她。我得到晚上才回来。我去给你拿一些三明治，一罐柠檬水。无论谁敲门，都不要回答。"

玛丽安娜给胡戈拿了一盘三明治，一罐柠檬水。

"祝你过得愉快，亲爱的。"她说。然后，她再没说别的话，锁上门走了。

第二十章

胡戈仍然待在玛丽安娜的房间里,自从他妈妈从这儿离他而去,已经三个月过去了,生活中的一切都发生了变化。至于变了多少,他并不知道。他有时候会心痛,因为他并没有遵守对妈妈作出的承诺,他没有读书,没有写作,也没有做数学题。

胡戈站在那儿,注意到自从他到这儿以来,这个房间丝毫未变:依然是粉红色的家具,插着纸玫瑰的花瓶,抽屉里塞满了各种瓶瓶罐罐、棉花、海绵的梳妆台。可那个午后,这个房间像他以前去打针的诊所。安娜有一条可爱的小狗,每次胡戈找安娜,他都喜欢和它玩一会。一天早上,大家都在传鲁西得了狂犬病,所有和它接触过的孩子都被带到了诊所。

有些孩子,看到打针,听到其他孩子的哭声,便挣脱父母拔腿而逃。那些大吃一惊的父母去抓他们,可是孩子们逃的速度更快。他们逃到地下室躲起来,不过并没能藏多久。那个个头高高的狡猾的医院门卫会把地下室的门锁起来，然后逐个房间去把他们抓回来。孩子们被带回诊所的场景在胡戈记忆里停留了好多天。

后来，胡戈坐在地上，开始下棋。他以前在家经常做的事情，在这儿却很难做。即使是打开一本书，也是一项超出了他能力范围的任务。他想了很多。他总是想起他的同学和老师，可是无法拿出笔记本写日记。

胡戈为安娜和奥托巨大的改变感到难过。他每每想到他们的变化，就手脚冰冷。他想到所有发生在他与安娜、奥托之间的美好得令人眩晕的细节——到他们家去拜访，他们的旅行，关于他们自己的当下与未来的长长的对话——这些回忆让他难过得哽咽起来。他不想让他们从自己的记忆里消失，他常常回想他们，对他们说："没错，你们已经变了，不过在我的脑海里，你们依然是原来的样子。我不愿忘记你们，哪怕是你们脸上最简单的一个特征。所以，只要你们还在我记忆里，你们的消失只是暂时的，很大程度上会被废除。"

突然，下午寒冷的亮光照亮了胡戈每天上学走的那条路。那是一条栗子树成荫的路，一直延伸到错落交织、飘着咖啡和刚刚出炉的蛋糕的香气的小路。早上，酒馆关着门，啤酒和尿骚味从黑暗的角落升腾起来。

有时候他会在一家面包店前停下来，买块芝士蛋糕，那新鲜、松脆的口感会一直留在他的唇间，直到他到达学校的大门。那条去往学校的路，现在无比清晰地铭刻在胡戈的脑海中。

他经常和安娜、奥托一起走回家，有时候欧文也会和他们在一起。欧文和胡戈一样高，可是大家很难知道他的心情是快乐抑或悲伤。他的脸上总是呈现出克制的神情，而且，他几乎都不开口说话。那些孩子都不喜欢他，有时候他们会欺负他。可胡戈隐隐觉得欧文心中有个秘密，他希望有一天，欧文会把这个秘密告诉他，这样大家就会明白他并不是那么特立独行、冷漠无情了。胡戈曾经和安娜讨论过这事，安娜认为，欧文心中并没有什么秘密，她坚信是因为他在数学上遇到了麻烦而把自己封闭起来，然后就觉得自卑。自卑并不是秘密。安娜很聪明，她知道怎样像大人一样表达自己的想法。

一次，他们正走在回家的路上，胡戈小心翼翼地问欧文："你爸爸妈妈是做什么的？"

"我没有爸爸妈妈。"欧文轻声回答。

"他们在哪里？"胡戈鲁莽地问。

"他们死了。"欧文说。

好多天来，胡戈都为这个问题感到后悔，他觉得自己仿佛也遭受了不幸。之后，他刻意让自己不和欧文在一起，碰巧在一起了，他也很少说话，甚至一句话也不说了。

胡戈不愿去想在集中营里欧文究竟遭受了什么？一天晚上，他们把孤儿院前前后后都锁了起来，把孤儿从床上拖起来带走，并且把还穿着睡衣的孩子装到了卡车上。孤儿们嚎啕大哭，叫着救命，可是谁都没有动作。任何一个开窗走出来的人都会被击毙。哭叫声穿透了空荡荡的街道，直到卡车开远，从人们的视野里消失，人们还是能够听到这些声音。

胡戈坐在地上，做着关于他朋友和学校的梦。棋子摆在棋盘上，可是除了把它打开，他还没有下过一步。

晚上，玛丽安娜回来问："被玛丽安娜关禁闭的小亲亲做了些什么事呀？"白兰地的味道从她的嘴里飘荡出来，可她并没有生气。她拥吻着胡戈，说："你最好了，今天做什么了？"

"什么也没做。"

"你为什么不吃三明治？"

"我不饿。"

每次玛丽安娜从镇上回来，胡戈都想问，你见着我妈妈了吗？你见着我爸爸了吗？不过，他记得玛丽安娜不喜欢胡戈问起他父母的事。只有在她心情好的时候，她愿意说："我没见到他们。我都没有他们的消息。"一次，她正生着气，说："我早就告诉过你了，只有战争结束的时候他们才会回来。犹太人都被关着，锁起来，藏好了。"

然后，她告诉他："我妈妈病得很重，可我再没有钱给她请医生、买药了。"她的眼泪簌簌落下，大哭起来。玛丽安娜哭的时候，她的脸是一张孩子的脸。这一次，她生的是她姐姐的气，而不是生那帮杂种的气。姐姐住得离她们的妈妈很近，却不肯去看看她，不肯给她带点面包或者水果。她完全忽视了她们的妈妈。医生来给玛丽安娜的妈妈看病的时候，吩咐必须立即给她买药，不然她就活不了几天了。

现在，玛丽安娜打算变卖胡戈妈妈给她的珠宝。珠宝漂亮，价值不菲，可她怀疑自己不能卖出本该值的价钱。"他们都是骗子。"她说道，没有人可让她信任。

片刻之后，她又说："我妈妈还在生我的气。她硬是认为我忽略了她。我能做什么？我整夜工作来给她买吃的，买柴火。一个礼拜前还给她买水果。我还能做什么？要是药能够救她，我情愿卖掉这些珠宝。我不希望妈妈生我的气。"

"你妈妈知道你爱她。"

"你怎么知道？"

"妈妈对孩子有一种特殊的感情。"

"我小时候，她总是揍我，这几年，自从我爸爸死了以后，她就平静下来了。那些年她也受了许多苦。"

"人各有命。"胡戈想起那句话。

"你很聪明，亲爱的。犹太孩子都是聪明的孩子，不过你比他们更聪明。上帝把你送到我身边来真是太好了。你来说说看，我应该卖珠宝吗？"

"如果能救你的妈妈，就该卖。"

"你说得对，我的小甜心。只有你才是我的依靠。"

第二十一章

那晚,玛丽安娜房间里一点儿声音也没有。她一个人睡着,不时被突然的一阵鼾声或者听起来像被堵住嘴巴的嘟哝声打断。胡戈希望她喊他过去,可是她沉沉地睡着了。

晨光微露时,她们的叫喊吵醒了他,胡戈听到玛丽安娜穿好衣服,急匆匆出去,回来的时候已经是黄昏了。她嚎啕大哭,胡戈听到她哭得史无前例地厉害,而且这一次,与以前的哭泣不同,从她内心深处而来的哽咽的哭声不断起伏着。

玛丽安娜出出进进了几次,最后,她和一个矮个子的女人一起站在壁橱的门前,对我说:"昨天晚上我妈妈死了,我现在必须出发,维多利亚会照看你,她是一个能保守秘密的女人,是我们的厨师,我保证你不会挨饿的。"

"别担心,我会照顾你。"维多利亚带着重重的外地口音说。

胡戈不知道该说什么，所以他只说："谢谢。"

现在他近距离看着维多利亚：矮胖身材，比玛丽安娜要老。她的红彤彤的脸上是紧张和惊讶，仿佛胡戈与她之前想象的不同。玛丽安娜不断强调："胡戈是个好孩子，好好照顾他。"

门又关上了，他的眼前落下一副窗帘，他什么都看不见了。就在昨天，他还觉得玛丽安娜是爱她的，不久之后他又将和她睡在一起。现在她走了，只留下他这个可怜的小家伙待在这里。悲伤堵住了胡戈的喉咙。他明白在她回来之前，他都无法有安稳的日子了。他起身站在壁橱的壁板边，要不是晨光穿透了壁橱的缝隙一条条照进来，壁橱里的黑暗及寒冷早就将他吞噬。妈妈，他想大叫，但是他立刻就明白，妈妈已经远离他，像他一样被锁在一个壁橱里，他的爸爸离得更远了。他甚至都不再来到胡戈的梦中。

下午维多利亚带给他一些汤和肉圆，她又一次盯着他问："你会说乌克兰语吗？"

"当然。"

"很好，"她说，然后笑了，她立刻又加上一句，"你是幸运的。"

"怎么说？"胡戈问。

"他们早就赶走了所有的犹太人，可德国人并不满足于此，他们还要挨家挨户仔细搜查。每天他们都会再发现五六个。那些想要逃跑的人都被枪毙了。要是谁被抓到私自藏着犹太人，他们就会杀了他。"

"他们也会杀了我吗？"他惊慌失措地问。

"你不像犹太人，你是金发，而且像乌克兰人一样说着乌克兰语。"

很难知道维多利亚的脑海里究竟想着什么。她说起犹太人的时候，嘴角的微笑传达着复杂的意思，好像她在讨论一件不允许谈论的事情一样。

"可怜的犹太人，他们不会让他们安宁的。"她换了一种口气。

"战争结束以后，生活还会是原来的样子吗？"胡戈想从她那儿得到确认。

"可能我们的生活里就没有犹太人了。"

"他们不会回到这个城市了吗？"他惊讶地问。

"那是上帝的安排。谁给了你这个十字架？"

"玛丽安娜。"

"你相信耶稣吗？"

"是的。"他回答，可这并没有消除她心底的疑虑。

"犹太人并不相信耶稣。"她想考验他。

"我喜欢这个十字架，玛丽安娜告诉我，这是我的魅力所在。"他回避了她的正面提问。

"你做得对。"她点点头说。

晚上，她带给他一些三明治和一罐柠檬水，问："你祈祷吗？"

"晚上，我闭上眼睛之前，我会说，上帝，请关照我和我的父母，还有那些叫着你的名字寻求你帮助的人。"

"祈祷不是这样的。"她马上说。

"那是怎样的？"

"你刚刚说的是一个请求。祈祷者的有一套固定的说辞。"

"我会让玛丽安娜教给我。"

"你做得对。"

"你认识我妈妈吗?"他拉住她问。

"当然认识,谁会不知道茱莉亚呢?这个城里的每个穷人都去过她的药房,她朝所有人微笑,从不生气。药剂师通常是很容易生气的,他们会骂你,让你知道自己是多么无知,而你妈妈对每个人都和蔼可亲。"

"或许你知道她藏在哪里?"

"天知道呢,藏犹太人是很危险的,无论谁藏犹太人都会被杀死。"

"但他们确实藏了我的妈妈。"

"但愿如此。"她垂下头说。

夜里,在他的梦里,胡戈听见了玛丽安娜房间传来的响亮的声音,像是有人在钻洞。突然壁橱的门塌了,门口站着维多利亚和另外两个士兵。维多利亚指着他的那个角落说:"交给你们了,我没有藏他,是玛丽安娜把他藏起来的。"

"玛丽安娜在哪里?"

"她在哀悼她的妈妈。"

"站起来,犹太人。"一个士兵命令他,他的手电筒直射他的眼睛,让他什么都看不清。

胡戈想要站起来,可他的腿就像钉在了地上,他试了一次又一次,可始终站不起来。

"如果你不站起来,我们就要枪毙你。"

"上帝,救救我。"胡戈抓着他的十字架大喊。

听到呼叫声，维多利亚笑着说："这都是伪装。"

"我们要杀了他吗？"士兵问她。

"你们想干什么就干什么。"她说着挪到了一边。

听到一声枪响，胡戈坠入了深渊。

他醒过来，知道自己又一次被救回来了，很高兴。

早上胡戈听到玛丽安娜的房间里传来声音，恐惧让他一动也不敢动。一个声音是有个男的抱怨浴缸不干净，床单也脏。为了捍卫自己，女人称，那不是她的房间，而是另外一个女人的。像往常一样，对话发生在一些粗鲁的德国人之间。

声音最终平静了下来，只能听到呼噜声。胡戈没有睡着。夜色和晨光融合在一起。他很难过，玛丽安娜还在她妈妈的棺材边哀恸。悲伤渐渐唤起了他的恐惧，它们在他心里合为一体。

第二十二章

十一点了,维多利亚来晚了,她带着一杯牛奶。胡戈站在壁橱的缝隙边上,全神贯注地听着雪地里传来的乌鸦的啼叫和狗吠声。

已经是深冬了。胡戈和妈妈已经分开了很长时间,这段时间里充斥着他无法理解的事。他的梦还是清晰的,但并没有清晰到伸手可及。他们通常伴随着一些几何图形。起初,这看起来就像是个恶作剧,但他马上意识到那些图形一直在重复出现。譬如,他妈妈戴着一顶三角形的帽子。他被那个图形给惊呆了,他想到一个常识:"人不是由一些几何图形组成的。那些梦把我搞糊涂了。"

不过他的有些记忆却清晰可见。冬天,在圣诞假期,胡戈一家会去喀尔巴阡山区度假。那是一种卓然不同的欢乐。他的爸爸妈妈滑起雪来姿态优美。爸爸滑得更快一些,不过妈妈并没有落后很多。胡戈轻而易举地学会了这项运动。胡戈九岁的时候,就能够轻松流畅地滑雪了。

胡戈钟爱这样的短途旅行。他父母没时间过长假真是太糟糕了。假期里，每天的日程都随着天气变化。一切都是悠然自在的。每个清晨，租给他们房子的农妇给他们送来一罐牛奶、一条面包、一点奶酪和一包金色的黄油。他们都是素食主义者，这让农妇很难理解，她不停地惊讶地说："为什么不吃一点咸牛肉或者牛肉呢？"妈妈告诉她："我们有蔬菜和奶制品就足够了。"农妇总会指着脑袋做一个奇怪的动作，似乎在说，就算那样，人不吃肉是不会饱的。

寒假期间，他爸爸突然出现在他的面前。他和人们一起一边说一边回家时，常常会停下脚步。这样，他看起来就和妈妈一样高了。在那个寒假，大家都清楚地看出他高出了一头。

寒假常给人一种翱翔的感觉——或许由于壮观的雪景，或是那漫长的亮闪闪的夜晚。他们会喝着宾治酒阅读到深夜。他们很少说话，但有时妈妈会回想起她读大学的那些时光。

小屋、马匹、雪橇都在任由他们支配，他们在骑行中裹着的毯子、热水瓶和三明治，挂在马脖子上的小铃铛——这一切简单的东西，对胡戈而言都妙不可言。所有的恐惧都消失了。只有他和他的父母在雪坡上划着雪橇翱翔。学校、测验、职责、矛盾全都没有了踪影，仿佛它们从未存在过一般。胡戈和他的父母自由自在，如愿成为了自己想要的样子：大自然和书的热爱者。

假期戛然而止。夜里，妈妈会打包行李，天一亮，他们就准备好雪橇前往火车站。发生在冷冷的清晨的离开，让胡戈颤栗哭喊。妈妈会对他说："你不应该为时间太短而哭泣。妈妈爸爸也希望在这儿多待一段时间,可我们不可能让药店关门超过一个礼拜。"

突然,在壁橱里,那段明亮的生活栩栩如生地展现在他的眼前,就好像那一切都正在发生着。

中午,玛丽安娜房间的门被小心翼翼地打开了,然后是壁橱的门。维多利亚告诉胡戈这会儿士兵们正挨家挨户搜人。他必须一动不动地躺着,绝不发出一丁点儿声音。

"这是三明治和牛奶。要是搜查结束了,我夜里会再给你带点东西过来,不过你别太指望我。"

"我应该做什么?"

"什么也不做,就像你压根不存在那样躺着。"

"那要是他们闯进来了呢?"

"别担心,我们不会让他们这么做的。"她说着,关上了壁橱的门。

维多利亚的话并没让胡戈平静下来。他如同瘫痪了一般躺在他的位置上。那片刻之前迷人的让他精神振作的画面全都消失了。一会儿,士兵就会破门而入逮捕他,把他带到警察局的绝望想法充斥着他的大脑,使他的膝盖都软了下来。

那个傍晚,壁橱缝隙里穿透进来的暮光长长的。天黑得很慢,一点声音也没有。一瞬间,他觉得这一夜将平静地不受外界侵扰地过去。一切都是静寂的,有一些轻声的说话声、呼噜声。不过那只是一种幻觉。天一黑,他就听到锤子敲打的声音,一些家具被搬开了。骚乱持续了很长时间。突然,没有任何警告,仿佛是要与那威胁着他的一切相对抗,一架手风琴开始唱了起来。一支萨克斯风也立即加入进来。胡戈为此惊呆了。维多利亚散播的恐怖的话语听起来就像虚空的威胁。

胡戈静静地躺着听了很久。美妙的乐声越来越响,还有跺脚声、呼喊声。在这一切喧嚣之后,听到的是女人的笑声,就像有人在挠她们痒痒。这个把他团团包围的神秘的地方,瞬间似乎成为了赫茨先生的宴会厅,那儿常常举办婚礼和派对,西蒙德舅舅就是在那儿结婚的。

西蒙德舅舅喝醉以后,常常拿赫茨先生的宴会厅举例。赫茨先生的大厅,美好至极,是属于犹太中小资产阶级的地方。在这里,他们订婚、结婚、庆祝割礼和成年礼,当然,也会举行金婚、银婚周年纪念。西蒙德舅舅讨厌犹太中小资产阶级把自己局限在这些大房子、大商场、豪华的饭店以及高档的酒店大堂里。他醉醺醺的时候会大叫:"他们都是空的。他们都太浮夸了,他们是没有灵魂的傀儡。"他尤其对赫茨先生的殿堂气愤不已,他说在那儿,人们互相攀比谁请客的饭菜最好,谁举办的派对上盘子里的东西最满。他的前妻是他们最典型的代表。西蒙德舅舅时常怀疑,他怎么会陷入其中?他反复说:"在未来的世界,如果有未来的话,我将像垃圾一样被丢弃,因为我瞎了眼,任何一个有理智的人都该看清楚的,而我就没有看清,我活该,我活该。"

音乐和放荡的笑声一直持续到深夜,然后,一切突然就安静了下来,仿佛那些跳舞的人都累倒了。

在黑暗即将消失、黎明将到来之时,玛丽安娜的门被打开了,然后是壁橱的门。维多利亚站在门口,她立即告诉胡戈:"你很幸运,他们在我们周边做了仔细的搜查,显然,由于今晚这里有一个大型派对,他们没有进来,可是谁知道以后会怎么样呢?"

"我应该怎么做?"胡戈颤抖着声音问道。

"祈祷。"

"我不知道怎么样祈祷。"

"就像你父母教你的那样。"

"不。"

"奇怪,你不去犹太教堂的吗?"

"不去。"

"每时每刻,说:'上帝,上帝,请救我免于一死。'"

"我应该吻十字架吗?"胡戈问。

"那是当然的,过会儿我会带给你一杯牛奶和一些三明治,不过之后你不要太指望我,士兵们还在挨家挨户搜寻犹太人,在这儿闲荡可不是什么好主意,你懂我的意思了吗?"

"我明白,谢谢。"

"不要谢我,向上帝祈祷吧。"维多利亚说,然后关上了壁橱门。

第二十三章

第二天早晨，维多利亚又一次来迟了。她带来了一杯牛奶，告诉胡戈，搜寻还在附近继续着，在一间房子里他们找到了一家有三个孩子的犹太人。他们逮捕了这家人，还有提供给他们庇护的房东。他们所有人都被带到了警察局。

维多利亚的双眼中满是严肃的神情，显然她还知道更多，可是她没有告诉胡戈。

"我应该怎么做？"

"我已经告诉过你了，祈祷。"

"那要是他们发现了我呢？"

"那你就站起来告诉他们，你是玛丽安娜的儿子。"

胡戈不由自主地伸手去找他的背包，他从包里拿出《圣经》。书的中间夹着一封信。他立即打开读道：

亲爱的胡戈，我不知道你将在什么时候，在什么情境中找到这封信？我想你现在也过得并不容易。我想让你知道，我别无选择，那些跟我保证会来接我们的农夫并没有来，而危险潜伏在每个角落。我作出把你交到我童年的伙伴玛丽安娜的手里这个决定绝不是随随便便的。她是一个好女人，可是生活并没有善待她。她有些情绪化，你要体谅她，如果她痛苦或者生气，不要因此受影响，也不要回答任何问题，应当控制好自己。痛苦总会过去，忍耐也会有尽头，最终我们终将团聚。我一直在想你，我希望你有东西吃，也能睡个好觉。至于我，我不知道，我会在哪里停下脚步，要是能够，我会来看你，但别抱太大的期望。我永远和你在一起，日日夜夜，要是你身处困境，想一想爸爸和我，你的思想会让我们相聚。亲爱的，在这个世界上，你不是一个人。外公过去常说，分离只是一种表象，即便我们彼此天各一方，思想也会让我们聚合。近来，我总觉得，外公也和我们在一起。他在战争前已经离开我们两年了，你记得他的。

在我们离开前，我花了三个小时来写这些话。我总是觉得自己并没有给你太多的指导，现在我明白了，事实上我们已经讨论过每一件事情。我想将来的日子对你来说是不容易适应的，我有一个请求：不要绝望，绝望意味着投降。即使是在最黑暗的时光里，我仍然相信，仍然坚定而乐观地相信。这就是我之所以是我。你懂我，我显然会那样说。

非常非常地爱你
妈妈

胡戈一遍又一遍地读着这封信，这两张薄薄的纸在他的手中颤抖。他爱他妈妈清楚的字迹。她的世界在每一行字中闪闪发光：开放，明朗，热忱，乐于奉献。她相信，一个人奉献会得到回报，如果没有得到回报，那么，付出就是对本身的回馈与快乐。现实不止一次狠狠地抽打了她的脸，即使在那个时候，她也没有说过让人改过自新是不可能的话。相反，她低头接受了那些冒犯。

胡戈想象着她低头倾听的样子，他看到过她面对别人的求助无能为力时双臂无力的样子，他也看到过她的药帮到别人时她浑身洋溢的快乐。

他又读了一遍这两页纸，他越读越清楚妈妈的处境比他更糟糕。她背着一个沉重的背包，顶着凛冽的风艰难前行。每一次她跌倒在地，她就大喊，**胡戈，不要绝望，我正在向你赶来，我保证，风很快就会变小，战争就要结束，我会克服路上一切的困难，千万不要绝望，你向我保证。**她的脸上散发着柔和的光芒，就像当初带他来玛丽安娜这儿一样。

后来，胡戈从背包里拿出笔记本写道：

亲爱的妈妈，你写给我的信，我到今天才看到。我会分毫不差地执行你的要求。相对于你，我的处境要好一些。我住在玛丽安娜房间里的一个壁橱中，玛丽安娜照顾我，还会为我准备三餐。每天，多数时候我都在思考和想象，因此，我还没有开始阅读和写作，正如我之前向你承诺的那样。我身边的一切都是如此紧张，有时候是那样令人震惊，这还让我很难打开书本，顺着文章的情节看下去。有时候我觉得自己身在一个童话故事里，我期望到最后一切都是美好的。

玛丽安娜的妈妈死了,她去了她的村里。但别担心,厨师维多利亚会给我带来食物,告诉我外面发生了什么。你的信带给我光明和希望。

       照顾好你自己
        胡戈

他把笔记本放进包里,眼中噙着的泪水顺着脸庞滚滚落下。

维多利亚又告诉他一些可怕的消息。那个晚上他们抓了更多的犹太家庭,他们与那些藏起他们的人一起被带到小镇的广场上,排成队被枪毙了。每个人都看到或听到了这一幕,他们再不敢私藏犹太人了。

"我应该怎么做?"胡戈小心翼翼地问。

"再看吧。"她很快回答。

维多利亚关上门,没再说什么。胡戈从包里拿出本子写道:

亲爱的妈妈:

我不想向你隐瞒真相。一个多星期以来,士兵们一直在挨家挨户地搜寻。玛丽安娜还在村里哀悼她的妈妈,我现在被交到厨师维多利亚手中。之前,她确信他们不会找到这儿,现在,恐慌也降临到了她头上。可我不害怕,我说这些不是安慰你。躲在这儿的几个月已经让我的恐惧感变得迟钝。每天,我都像在家里一样。我们的房子、药店,尤其是你和爸爸日日夜夜陪着我。当我感到冷的时候,当我睡不着的时候,我清清楚楚地看到了你。最近我看到我们到山区滑雪度假,那种翱翔的感觉回到了我身边。妈妈,孤独并没有伤害我,因为你教会我怎么样做好自己。我不会向你隐瞒的是，有一种不确定的感觉，或者是绝望，时不时地向我袭来，不过一切都是瞬间的事。你让我对生活充满了坚定，我很高兴你和爸爸是我的父母，有时候，我真想破开我藏身的这扇门向你们飞奔而去。

我爱你

胡戈

第二十四章

　　第二天，维多利亚没有出现，胡戈吃着昨天剩下的三明治，时不时地听着动静。玛丽安娜的房间里一点声音都没有，隔壁的房间传来的还是往常的那些声音："桶在哪里？"或者是"你刚刚拖地了吗？"有几次可以听到维多利亚的声音，很难知道，她是在讲话还是在争论。没有一点争吵。在一些对话中，传出一阵阵大笑声，那笑声充满了整个走廊，然后渐渐消散殆尽。

　　我在哪里？胡戈突然问自己，如同他有时候在梦里那样。他刚到这儿的第一个星期就已经察觉到这个地方到处都是秘密，可现在，或许是由于阴沉沉的维多利亚，这儿就像一座监狱。他每次问玛丽安娜，她都回避这个问题，说："不要管那龌龊的地方，它只会玷污你的思想。"

　　胡戈很想拿出本子，记下发生在他身上的每一件事情、每一个想法。但恐惧、兴奋，让他无法做到。

每个早晨，他一直会看到玛丽安娜那因为悲伤而暗沉的脸。她总是嘀咕着一些他理解不了的话，时不时地，她抬起头大喊："原谅我，上帝，原谅我的许多罪过。"

到了晚上，男人的声音传过来。一开始他们听起来很熟悉，一会儿，他就听到一个军人的声音。

"这儿有犹太人吗？"问题随即而来。

"这儿没有犹太人。我们为军方提供服务。"一个女人用德文回答。

"哪方面的服务？"士兵仍然问。

女人说了一些胡戈听不懂得话，然后所有人都哄然大笑。

气氛瞬间就变了。男人们喝了点软饮料，因为他们中一个长官说："我们在执行任务，含有酒精的饮料是被禁止的。"他们称赞了咖啡和三明治，对女人们发出的留下来玩一玩的邀请，一个当兵的说："我们在执行任务。"

"玩一会儿，一点点娱乐对谁都没有坏处。"女人甜腻着声音说。

"任务重要。"当兵的说。

他们离开了。

这个地方又归于平静，不过恐惧并没有让胡戈的身体放松下来。他清楚，这次也是他妈妈保护了他，就像最初到集中营的那几天，后来，危机四伏，尤其在地窖里的最后的那段时间里她保护着他那样。他坚信妈妈那无形的力量，不过这次她的力量终于显现了。

天色渐暗的时候，维多利亚给胡戈带来一碗汤和一些肉丸子。

"你这一次又得救了。"她说。

是我妈妈救了我,他想这么说,不过没有这样说出口,而是说:"谢谢。"

"不要谢我,谢上帝。"她急匆匆地教他怎么向上帝感谢。

"我会感恩的。"他迅速回答。

维多利亚再也没有多说一句,锁上壁橱门走了。

晚上,欢乐又回来了。手风琴大声吼叫着,人们在大厅里跳舞、狂欢大叫。疯狂的笑声响亮地翻滚,震动了壁橱。胡戈太累了,他睡着梦见了玛丽安娜抛弃了她,而维多利亚二话不说就出卖了他。胡戈使劲地想把自己盖在羊皮下,可是它们盖不全。

凌晨,手风琴声停了下来,人们纷纷散了,并没有人到玛丽安娜的房间来。

九点,壁橱门打开,玛丽安娜站在门口。那是玛丽安娜,但那也不是她。她穿着一件黑衣服,头上裹着一块农妇的头巾,她脸色苍白,脸颊深深地凹陷了下去。那一刻,她似乎就要跪下来,合起双手祈祷。那是一个错误的信息。她只是站在那儿,很显然,她连说一句话的力气也没有。

"你好吗?"胡戈站起身靠近她。

"太痛苦了。"她说着低下了头。

"来,我们坐下来,我有三明治。"胡戈握住她的手。

沉郁的微笑在玛丽安娜脸上浮现,她说:"谢谢,亲爱的,我不饿。"

"我能帮你收拾房间,拖地,听你的吩咐。我好高兴,你终于回来了。"

"谢谢,亲爱的,你不能干活,你必须得藏起来直到麻烦过去。我可怜的妈妈病得很重,她带着剧痛死了。现在,她在一个好的世界里了,我在这儿。她受了太多苦。"

"上帝会照顾她。"胡戈马上接过话。

听到这话,玛丽安娜蹲下来,把胡戈搂到自己胸前说:"妈妈把我一个人孤零零地留在了这个世界上。"

"我们在这个世界并不孤单。"胡戈想起妈妈写给他的信。

"那几天,我过得非常艰难。我那可怜的妈妈死得很痛苦,而我无法给她买药,我有罪,我知道。"

"你没有罪,有罪的是我们的处境。"胡戈想起那句他们在家常说起的话。

"谁这么告诉你的,亲爱的?"

"西蒙德舅舅。"

"迷人的家伙,不同寻常的男人。和他比起来,我什么都不是。"她一边说,一边笑了。

第二十五章

玛丽安娜回来以后，胡戈的生活完全改变了。玛丽安娜醉醺醺地骂骂咧咧地从镇上回来，有时候还是会忘了他，不过她清醒的时候就会跪下来，拥抱着他，亲吻着他，向他保证任何坏事情都不会降临到他头上。她会像照顾她妈妈一样照顾他。与她的亲密接触让胡戈快乐得忘记了孤单，忘记了包围着他的恐惧。

洗澡尤其舒服。玛丽安娜帮他浑身打上肥皂，帮他冲洗干净。她不再说"不要难为情"，而是轻轻地说："一个正派的年轻人，过一两年，女孩子们都会如狼似虎地抢着要你。"她穿好衣服打扮好，又换了种语气，把事情反过来说："要是他们像你那样给我洗澡多好。相信我，我值得这样。他们每晚把我当成一个垫子一样压我，连一句爱的话都没有。"

"可我爱你。"胡戈脱口而出。

"是的，你是好人，你很忠诚。"她说着拥抱了他。

她母亲死后，对上帝的恐惧牢牢地抓住了玛丽安娜。她反复说，他们会在地狱里烤了她，因为她没有好好照顾妈妈，没有及时为她请医生，没有给她买药，没有在她的床边侍候。除此之外，她不在田里干活或者去工厂里上班，而是在这儿工作。所以，上帝永远都不会原谅她。

有一次，胡戈听到她说："我恨我自己。我是肮脏的。"他想走近她说，**你不脏。你的脖子、衬衣里都散发着芳香**。可他不敢。玛丽安娜情绪低落的时候，是无法预测的。她不说话，但她会骂一些难听的脏话。他知道像这样的时刻，他不能和她说话，哪怕是一句温柔的话语也会让她发疯。

胡戈拿出笔记本写道：

我尽力让我的日记保持连续性，可我做不到。这是个狂热的地方。玛丽安娜回来以后，她的心情起伏不定，有时候一天变化好几次。我不怕，我觉得在她承受的这一切的背后，是一个善良的、有爱心的女人。

妈妈，我有时候觉得曾经的生活已经一去不复返了，战争之后，我们重逢的时候，我们都会变得不一样。但我说不出那会是怎样的不同。我们会关心那些以往我们从来不说或者从来没有注意过的事情。我们每个人都会说自己身上发生的事。我们会坐在一起听音乐，但也是不同于以往的那种听。

之前，我一直渴望着重逢，而现在，上帝请原谅我，就像玛丽安娜说的，我害怕重逢。那种战争进行到最后我再也不认识你、你也不再认识我的想法让我难以承受。我尽力让自己不去想，不过那个想法却不会放过我。

当然,这几个月来我变了很多,我不再是以前的我了。一个事实是:写作和阅读对我而言都变得很困难。你还记得以前我是多么热爱阅读。现在,我完全沉浸在偷听这件事里。玛丽安娜的房间,我永远解不开的谜,对我来说是个舒服的房子。同时,我觉得罪恶也来自于此。我浑身的紧张不安已经明显地改变了我,谁知道还会发生什么呢。

顺便说一下,玛丽安娜总是抱怨人人都在无时无刻地利用她,挤对她,冲撞她。我常常想问,究竟是谁在压迫你?可我不敢。我遵守着你的叮嘱,只是听而不问,但我能够做什么?一味地听并不能让你更聪明。

那些夜里很冷,胡戈穿了两件睡衣、一件玛丽安娜的斗篷,然后再盖上羊皮。即使盖得这么重,他也没能暖起来。有时候玛丽安娜会打开壁橱门,把他叫到身边来。

那刺骨的寒冷让胡戈的身体痛了很久,渐渐地,他的手脚恢复了知觉,他感觉到了她柔软的身体。那是种有别于任何其他感觉的愉悦,可惜,它并没持续多久。突然,没有任何警告,一阵罪恶感在他身体里奔涌,像灼热的火焰炙烤着他。妈妈正在寒冷的路上挨冻,而你却在玛丽安娜的臂弯里。玛丽安娜不是你妈妈,她是一个仆人,就像索菲亚一样。令人震惊的是这种尖锐的刺痛很快被愉悦感吞噬,它消失得无影无踪。有时候,玛丽安娜睡着轻声说:"你为什么不吻我?"胡戈愉快地照做了,可当她说"咬吧",他犹豫了,生怕弄疼她。

第二十六章

二月过去了。一到三月,雪就融化了。胡戈正在壁橱的缝隙边上,听着湍急的水流发出潺潺的声音。他很熟悉这个声音,可那是在哪里第一次看到春天湍急的水流,他已经记不清了。他之前的生活正悄悄地溜走,他再也不能清清楚楚地看到这一切。有时候,他坐在地上,为他之前的已经再也回不来的生活哭泣。

玛丽安娜并不向胡戈隐瞒搜寻犹太人的行动还没有停止的事实。现在他们不再挨家挨户搜查了,而主要靠告密人提供信息。告密者潜伏在各处,他们为了一点点小钱不惜出卖犹太人以及那些掩藏他们的房主。

几天前,玛丽安娜告诉胡戈在厕所边上有个出口,万一情况紧急,他可以钻出去躲在壁橱边上的柴火棚里。"玛丽安娜一直留心着,不要怕。"她说着,朝他眨眨眼。

"维多利亚会揭发我吗?"

"她不会这么做的,她是个有信仰的人。"

夜里的情况变了,不再是以前的样子。玛丽安娜接二连三地接客,他偷听得知这场接待很棘手很紧张,没有一丁点儿笑声。白天,她在床上待到很晚,当她出现在门口时,她的脸乱七八糟的,痛苦贯穿了她的嘴唇。胡戈走过去,亲吻她的手,问:"怎么了?"

玛丽安娜说:"别问了。"胡戈知道昨晚是被诅咒的一夜。她努力地讨好客人,可是他们对她一点都不体贴,他们对她做了各种类型的评论,让她做那些恶心的事,最后,他们还向经理投诉她。

事情总是这样,可现在各种要求都提高了,发生了许多针对她的投诉。几乎每天都会有个女人到她房间里骂她。"你再也不能这样做事情了,你必须接受客人的要求。不要和他们争吵,不要和他们发生矛盾,你就老老实实按照他们的要求做。你必须得灵活些。"

玛丽安娜每次都作保证,可每次都不遵守诺言。她把心思都用在胡戈身上,她给他带夹着蔬菜的三明治,要是她没有客人,就邀请胡戈到她床上来。那些时候,是他度过的最美好的时光。

有时候,胡戈能够让她说起话来,她告诉胡戈自己的生活,告诉他什么是她所谓的"工作"。她的工作,正如她所说的,是世界上最卑贱的。总有一天,她要重新开始新的生活。要是她能够戒掉白兰地,她就能够回到普通的工作岗位上。

有一晚,她对他说:"现在,宠爱我。"

"怎么做?"

"就像我给你洗澡那样,给我洗澡。玛丽安娜需要一些呵护宠爱。"

"我非常乐意。"他说,并不知道其中的涵义。

不久,她就往浴缸里灌满了热水,脱掉了衣服,说:"现在我在你手中了,宠爱我吧。"

他开始帮她洗脖子、后背。突然,她从水中露出她的上半身,说:"帮我洗所有的地方,还有我的乳房。"他帮她洗了。那就像一场梦:交织着欢愉与恐惧。

他看到她的乳房是那么大那么丰满,她的腿是那么长。帮她擦干之后,她穿上睡袍说:"不要告诉任何人,这是你我之间的秘密。"

"我最保守秘密的,我发誓。"

"我会教给你一些别的事,那会让你舒服。"

夜里,他躺在玛丽安娜的怀抱里。那是安静、愉悦的,可是做的梦全是噩梦。士兵们闯进壁橱,他用尽全力想从玛丽安娜告诉他的那个出口逃出去,可是那个出口太窄了,他不能钻过去。士兵们站在那儿哈哈大笑,他们的笑声中还翻腾着鄙夷。最后,一个士兵朝他走来,用靴子踩在他身上。他觉得那鞋跟戳进了他的身体,他想大叫,可是嘴巴却像被堵住了一般。

第二天早晨,玛丽安娜去了镇上,她忘了给胡戈带一杯牛奶。干渴和饥饿折磨着他,可他满心欢喜地回顾着刚刚过去的夜里的几小时,他的眼前是欢乐的画面。他清楚地记得道路两边高高的栗子树,它们厚厚的叶子,还有盛开着花的树枝。夏末,果实会从树上掉下来,它们翠绿的果皮在潮湿的人行道上噼噼啪啪地裂开。摸那些亮闪闪的棕色的栗子总是让他快乐无比。他曾经和妈妈讨论过这个。她也认为所有的果实,哪怕是那些我们不吃的果实,都有自身的奥秘。难怪人们总是保持着吃水果前先祝福的传统。

当胡戈重温着和玛丽安娜前夜共眠的回忆来安抚自己的时候,壁橱的门开了,维多利亚站在门口。他早就忘记了她的存在,可她重新出现在那儿,矮矮的,胖胖的,脸上皱巴巴的,短短的手指看起来好像是浸在红药水里一般。

"你在做什么?"她问道,仿佛他被抓到干了坏事。

"没什么。"胡戈回答,试图躲开她的注视。

"你祈祷吗?"

"是的。"

"看起来不像。"

"我吻这个饰品。"他说着,摸了摸脖子上的十字架。

"它不是一个饰品,它完全是一个十字架。"

"谢谢你的指正。"

"不要谢我,你该做你应该做的。"

维多利亚没再说别的话,就锁上了壁橱门。胡戈相信她会在第一时间把他出卖。

第二十七章

玛丽安娜努力地戒酒,却没能成功。只要一天没有白兰地,她承认自己的头像是被劈开了,她的身体像被耙子在耙。没有白兰地,这个世界就像地狱一样。生不如死。

"你不能再喝酒了。"一个有点权威的女人劝她。"你是一个漂亮的有魅力的女人,男人们都爱你。可是你喝醉的时候他们就不喜欢你了。你必须停止喝酒,按照客人的要求做。那是我们的职业,那是我们的生计。"

玛丽安娜保证,但她不遵守。客人们吼她打她。胡戈看到她身体上的蓝色的淤青,并为此心痛。

"你是唯一理解我的人。"玛丽安娜说着抱住他。"你是唯一的不会打我骂我,不会用各种难听的词叫我,不会命令我做那些恶心的事的人。"玛丽安娜对胡戈的赞美让他觉得尴尬,但他明白她现在需要一些鼓励。他说:"你会让自己从这儿解脱的。你漂亮,所有人都爱你。"

"错了，亲爱的。每个人都想挤对我、虐待我，然后再投诉我。"

"我们从这儿逃走吧。"胡戈试着提出这个计谋。

"我们逃到哪儿去？我那死了的妈妈的房子都快要塌了，我那姐姐把里面的东西都偷走了。"

"我们可以一起在厨房做帮工。"胡戈不假思索地说，也不考虑是否可以实现。

"亲爱的，没有人会雇佣我。这份工作不仅在你额头上贴上了该隐的标签，更给你全身、你的整个生活贴上了标签。"

玛丽安娜很害怕，而胡戈出于某些原因，并不怕。玛丽安娜察觉到后说："要是没有你我该怎么办？"

她曾经在一次发呆中说："犹太人更细腻精致。"

"和谁比起来呢？"

"和其他人。如果你觉得德国人很有礼貌，你就搞错了。他们像野兽一样对女人。只有犹太人才会小心翼翼地接近女人，拥抱她，温柔地吻她，还会给她买一瓶香水、一双丝袜，另外给她点小费让她对自己好一点。"

"你有很多犹太朋友吗？"他问，但他立刻就后悔自己的这个问题。

"他们主要都是些学生。我和他们彼此吸引。一个学生甚至还向我求婚。我害怕了，告诉自己，他受过良好的教育，他会成为一个律师，而我呢？我什么都不是。还有一个原因就是非犹太人不能和犹太人结婚。"

"为什么不能?"

"因为他们信仰的不是同一种东西。"

"我们不信教。"

"我知道。"

一个温暖宁静的夜晚,玛丽安娜房间里传来愤怒的声音。玛丽安娜向上帝、还有她的弥赛亚起誓:"今天一滴白兰地都没有进过我的嘴巴,我一整天都努力克制着自己不喝酒,我确实没有喝。"

玛丽安娜的誓言没有用。他说她身上散发着难闻的酒味,他不会和一个散发着恶臭的女人睡觉。男人的话把她逼到了绝境,她大喊大叫起来。男人甩了她一巴掌离开了房间。

不久,一个讲话带着官腔的女人来了,她没有劝说,直接宣布玛丽安娜被解雇了,两天内她必须离开这个房间。

听到这个噩耗,玛丽安娜抬高了她哽咽的声音说:"为什么?"

"你知道为什么。"女人的斩钉截铁地说,她的声音像一把锋利的刀子。

"我没有喝酒,我向你发誓。"

"你为什么不换衣服?你衣服的味道难闻。"

"我不知道。"

"我受够你了。"女人说着离开了。

胡戈深知那意味着什么。她同情玛丽安娜,不顾那个女人的愤怒。无论如何,他告诉自己,我们会找到一个更好的地方。

几小时过去了,玛丽安娜并没有到壁橱来。

到了早晨,她挫败而羞愧地打开壁橱门说:"他们解雇了我。"

"你在这儿已经受够了。"

"我不知道该做什么。"除了震惊,她还沉浸在痛苦之中。

"我愿意去任何地方。"

"亲爱的,别忘了你是个犹太人。"

"你能看出我是犹太人吗?"

"不会立刻看出来,可人都有邪恶的眼睛,他们会很快发现的。我想了一整天接下来做什么,我想在我找到藏身之处前,请我的朋友娜莎来照看你,她也在这儿工作。"

"我不跟你一起走吗?"

"亲爱的,我真的爱你,但你不能跟着我一起暴露在光天化日之下。他们一定会杀了你。他们会毫不心软地杀死犹太人。娜莎是个好女人,和我同龄。她不像我那样容易激动。她总是把事情计划得很好。"

"她不会出卖我吗?"

"千万别那么想。她是个非常善良的女人。她的爷爷是个牧师。"

"我害怕。"胡戈不由自主地说。

"别怕,我会跟娜莎讲。只是很短的一段时间,等我找到了合适的地方就好。我向你妈妈发过誓我会照顾好你的,无论如何,我都会遵守这个诺言。来,到我这儿来,让我亲亲你。现在你也亲亲我,用力一些。我们会一直在一起的。"说完,她关上了壁橱门。

123

第二十八章

顿时,胡戈觉得危险在靠近。他查看了玛丽安娜之前说起过的厕所边上的出口,那确实是个好地方,塞满了木板和破布。他清理好,轻而易举地钻了出去,发现自己就在木屋边上了。情急之下,可以从这逃走的想法让胡戈很高兴,他坐下来在本子上写道:

亲爱的妈妈:

玛丽安娜被解雇了,她要把我交给她的朋友娜莎。在这儿人们之间的交往并不容易。每个人都想从别人那儿得到不可能得到的东西。别担心,那不是指我。玛丽安娜是由于喝酒被解雇的,她确实喝了很多酒。玛丽安娜向我保证她要去找一个藏身之处,我相信她会成功的。我不想瞒着你,这几天来我很害怕。我心里知道许多恐惧都毫无根据,我周围的一切俘获了我的心,我把危险忘在了脑后。多数时候,我忙着偷听,努力去理解我听到的东西。我得坦率地承认,我的推测并不能让我知道更多。

我觉得我正发生着变化。玛丽安娜说我正在渐渐成熟。我无法知道我的身体里正发生着什么。我觉得自己长高了。

几天前，我脑海中闪过一个念头，它始终萦绕着我：犹太人究竟做了什么坏事以至于人人都要追捕他们？他们为什么必须得躲起来？玛丽安娜说犹太人更加细腻精致，那也是我不能理解的。他们是因为精致而被追捕的吗？你和爸爸总是告诉我："人就是人，人与人之间没有差别，他们有同样的思想，有相同的痛苦。"

在家时，我们从来不讨论做一个犹太人意味着什么。我们身上有什么而使我们成为了人类的敌人。我好几次听到这儿的人说："犹太人是这个世界的危险，他们必须被毁灭。"我也听到玛丽安娜的一个客人说："我们的战争并不是抵制极端分子或者俄国人，而是在抵制犹太人。"那样的观点无法振奋我的精神。但愿那些恶毒的动机永远不会实现。

我永远想念你
胡戈

第二天，壁橱门打开，玛丽安娜和一个女人站在那儿。

"这是胡戈。"玛丽安娜把他介绍给她。

胡戈站起身来，仿佛是因为暴露了而毫无选择地只能承认自己一直藏在那儿。

"这是我的朋友娜莎，从现在起，娜莎就是你的新朋友了。她会照顾你，确保你不挨饿，一旦我安定下来，我就回来接你。我不会忘记你的，亲爱的。你喜欢他吗？"她转向娜莎。

"非常喜欢。"

"他不仅甜蜜忠诚,也很聪明。"

"就像所有的犹太人那样。"娜莎压低嗓音微微一笑。

"娜莎会保守秘密,你可以依靠她。她爷爷是个牧师。"

"别跟我提起那个。"

"我把我的东西留给你,亲爱的,一旦我安排妥当,就会来接你。"

时间一分一秒地过去,胡戈觉得自己越来越冷,那些他想要说的话仿佛从他的脑海中消失得一干二净,最后他问:"你要去哪里?"

"天知道。"

"照顾好自己。"他说着,脸上泪如潮涌。

"别哭,亲爱的,"玛丽安娜把胡戈拉到身边抱住他,"你是一个英雄,你很勇敢,胡戈不哭。英雄会说,玛丽安娜必须要走,可她很快就会回来。你会爱上娜莎的,到时候你都不愿意跟我走。"

胡戈第一眼看去,很难看清这个刚刚认识的女人,但胡戈很快注意到她打扮得比玛丽安娜要漂亮。

"再见,我们很快就会重逢的。"玛丽安娜说着。在他脸上吻了一下。交接仪式完成了。

胡戈哭着坐下。他哭得太厉害了,最后睡着了,都没有听到壁橱开门的声音。娜莎站在门口。

"我给你带了一些汤和肉圆。"

"谢谢。"胡戈立刻站起来。

"你刚刚睡着了?"

"是的。"

"你叫胡戈，对吗？"

"对。"

"那是个不同寻常的名字。我是第一次听到这个名字。"

"在我班上，还有另外一个男孩叫胡戈。"

"那是个犹太名字吧。"

"可能吧，我不知道。"

娜莎专注地看着他，她的注视让胡戈很受煎熬。

"在壁橱里过得怎么样？你不冷吗？"

"已经不冷了。现在是春天了，是吗？"

"那你不觉得无聊吗？"

"我会思考或者想象。"他没有瞒着她。

"那样会不会太无聊？"

"显然。"胡戈说。他用了一个他的数学老师过去常用的词。

"你知道我们在这个地方做什么吗？"

"不完全清楚。"

"玛丽安娜没有告诉你吗？"

"没有。"

"我们以后再说。"娜莎说，脸上掠过浅浅的微笑。

胡戈知道那是一场测验。他通过了吗？他早就注意到娜莎是有所克制的。她很少说话。通常只问些完全不透露自己身份的问题。玛丽安娜，完全相反，说起话来就像沸腾的水。

第二十九章

到了春意最浓的时候。透过缝隙,刚刚割过的青草的味道和花儿的芬芳传到了壁橱里。外面阳光灿烂,奶牛们被带出来放牧。那种至纯的宁静加剧了胡戈对玛丽安娜的渴望。只有现在,他才察觉他曾经和她是多么亲密。十点钟,娜莎站在壁橱门口,手里端着一碗牛奶。"你睡得怎么样?"她不动声色地问。

"我睡得很好,天不冷。"

"你做了什么?"

"我在想事情。"

"你在想什么呢?"

"我在想玛丽安娜的命运。"

"她的命运?"娜莎很惊讶。

"我不知道该用什么别的词来说。"

"你想她?"

"是的,非常想。"

"那样的话,为什么不说我想念她呢?"

这是胡戈第一次听到娜莎发表个人观点。

娜莎关上壁橱们开始收拾房间。胡戈能够听到她的一举一动，精准而节制。玛丽安娜讨厌拖地换床单，她通常忘记打扫卫生，人们不止一次就此批评她。

不久，胡戈发现娜莎的客人并不评论她，生她的气。几乎都听不到她的声音。客人的来访就像例行公事，没有虚礼，也听不到像玛丽安娜那样的叫喊声。

自从玛丽安娜离开，胡戈就没再写过日记。他觉得自己的词汇量不够，觉得自己在隐瞒着真相。他很想把他精神世界里发生的一切都写下来，特别是写下他对玛丽安娜的渴望，但他担心妈妈不喜欢那样。

自从玛丽安娜离开，他就没有去过她房间。现在她们有各自的领土：娜莎在房间，他在壁橱。她说话的方式是温和的，有时候有点冷淡。每一次房间里会爆发一阵轻轻的笑声，可声音从来不会因此响起来。然而，胡戈发现玛丽安娜和娜莎有些地方相似：娜莎也是用第三人称来谈论自己的。

"今天娜莎要去检查房间和身体。"她说。胡戈想问那是什么意思？可是他克制了自己的这个念头。无论如何，这一次她通过自己的方式告诉了他一点东西，也许比一点还多一些。不像玛丽安娜，她仔细地把房间收拾干净，又洗了很长时间。

到晚上，她给他带来一些汤和肉圆，问："你做了些什么？"

"什么也没做。"胡戈说的是事实。自从玛丽安娜走了以后，他被恐惧制服了。他难以认真思考问题展开想象。他一切的想法都中断了。他记忆中所有的画面都不再像之前那样清晰。早晨，弗里达被关在运输车里，挥着那顶宽檐帽出现在他眼前，仿佛带着讽刺的大笑离开这个世界。胡戈想回到过去，更近地审视那幅画面，可是恐惧把那图景从他眼睛里夺走，他只能看见那辆运输车，人都被满满地塞在里面。他们都没有脸庞，似乎就要被浓雾吞噬。

"你为什么不读书？"娜莎在无意间刺伤了他。

"我难以集中注意力。"胡戈实言相告。

"你尝试过吗？"

"还没有尝试过。"

"犹太人热爱阅读，不是吗？"

"爸爸妈妈喜欢沉浸在阅读中。"

"我爷爷是个牧师。他过去常说：'向犹太人学习，他们是爱书的人，没有一个犹太家庭没有一间图书室。'"

"我们家有一间很大的图书室。"那一刻，往日的骄傲又回到胡戈的身上。

"后来那些书怎么样了？"

"后来家里一本书都没有了。"

娜莎说得很慢，听得很仔细，她慎重地选择说出她的话。她是那么专注，仿佛不肯放过任何动作、任何一个音节。胡戈有时觉得她那是在周围设下了陷阱好让他掉进去。

他试着学习她的动作、她说话的节奏，但一无所获。娜莎是个奇怪的人，他总结道。谁知道她的灵魂里藏着什么秘密呢？

"你住在壁橱里是不是很难过？"娜莎又一次让他感到惊讶。

"我已经习惯了。"

"你是个坚强的孩子。"

"我并没有做任何能称得上坚强的事。"

"你已经做了。"

每天,她留给他一句意味深长或者难以理解的话。胡戈记住了它们,长期以来,他一遍又一遍地反复回味,直到厌倦。

第三十章

胡戈注意到娜莎不会说起她的父母或者姐妹。她有时说起她的爷爷，显然，他们之间有些绵长又亲密的联系。每次她提到他的名字，都会加上一句"但愿他原谅我"。

胡戈如此用心地听着娜莎的话，遵循着她的指示，以至于玛丽安娜的脸渐渐消失了，可她的味道还在。夜里，他看到她在一片开满了花儿的田野中间，她喝醉了，快乐地向着上天举起手，大声感恩："谢谢你，上帝，你让我从牢笼里解脱。现在，玛丽安娜是自由独立的，靠自己，再没有人能够命令她要做什么了。"她随即下跪，双手合十，闭上双眼，在胸前画着十字祈祷。

正当她祈祷的时候，胡戈的妈妈出现了，她穿着一件长大衣，那使她看上去更矮了一些，她的脸苍白干枯。她先是跟着玛丽安娜祈祷，跪在她身边等着她结束。玛丽安娜祈祷完，他妈妈问："玛丽安娜，你在这儿做什么？"听到这个问题，玛丽安娜畏缩着说："他们解雇了我，那不是我的错。"

"胡戈在哪儿？"

"别担心，他在更可靠的人那里，比我要好。"

"他们还在搜查犹太人吗？"

"现在那些告密的人在每个洞里都大挖特挖，每找到一个犹太人，他们就会得到报酬。"

"我明白了，犹太人是值钱的商品。胡戈怎么样？"

"你离开以后，他长大了不少。他现在各个方面都是个年轻人了，很容易让人爱上他。"

"太好了，上帝。"妈妈的胸膛里爆发出一声大喊。

"你为什么担心？生活这所学校可不应该被低估。"

梦突然中断，胡戈醒来。与玛丽安娜不同，娜莎懂得如何在苛刻的要求下经营她的生活。一晚接了许多客人之后，她睡到了将近黄昏。然后，她收拾房间，洗澡，用沐浴露擦洗身体，到晚上她出现的时候，她看起来是平静的。她从不抱怨。胡戈有时候会注意到她脸上一些表达不满的皱纹，或者一个压抑着痛苦的微笑，不过她通常都是安静冷淡的。她不会像玛丽安娜那样抱他吻他，不会朝着天空赞美他，毫无保留地夸张地表示她对他的钟爱。

有时候，她让胡戈拖地打扫浴室。那个他还是继续称之为"玛丽安娜的房间"的地方完全变了样。照片没有了，梳妆台上一些小小的装饰品也没有了，一些表明家务做得很差劲很粗心的痕迹也没有了。

那段胡戈在玛丽安娜房间里度过的，并没有独立的自由，只不过

133

作为一个用人的短暂的时间让胡戈想起了玛丽安娜坦率的面容,还有那几个他静静地躺在她身边的晚上。他心里充满着强烈的渴望。那天之前,娜莎告诉他:"你必须要整理一下壁橱,你不能住在这么乱的地方。"壁橱里的大多数东西都是玛丽安娜的衣服:长袍、礼服、衬衣、鞋子、紧身胸衣、胸罩,还有丝袜。玛丽安娜的衣服也就是她本人,虽然她人不在,可它们继续在壁橱的黑暗中吐纳着她的气息。

每件衣服都会让她显得不一样。色彩绚丽的衣服提亮她的脸色,唤起她心中的快乐。那些灰色的黑色的衣服使她更加阴郁。她不止一次抱怨那些紧身胸衣和胸罩让她不舒服。她常常在穿丝袜时伸直她的腿,自从他第一次看到这个姿势,他就爱上了她。有些衣服已经很久没有穿过,气味也已经散发掉了。不过大多数衣服还保留着她身体的味道,胡戈把它们拿到鼻孔前,玛丽安娜又活灵活现地回来了。

他坐着整理了很长时间,要是有一个橱柜,他可以把那些衣服放到架子上,可是没有,他就把它们叠好放在长凳上。

胡戈把自己的劳动成果给娜莎看,娜莎很满意,但是她的满意也并不显示出热忱。他满意的时候,会说"不错"或者"很好"。和玛丽安娜不同,她克制着自己的情感,从不让它们显露出来。当胡戈赞美她的衣服或者发型时,她也不会感动,只不过是说:"很高兴你注意到了。"

一个晚上,他对胡戈说:"我想请你帮我一件事,帮我剪一下脚指甲,我剪不到,也不能涂指甲油。"

胡戈很惊讶,他不能想象她会对他提出这样的要求。"很高兴。"他说。

娜莎的脚和脚踝美丽优雅，他按照她教给他的方法，小心翼翼地、温柔地帮她剪指甲。

"做我们这行的，我们的脚就是门面。"她警觉地笑着说。胡戈不理解这句话确切的含义。与她的交流，在任何情况下，都无法让他觉得快乐，或许是因为她从来不感谢他，而只不过说"很好"。随即，她接着说："这是我们工作的要求，除此之外，其实这样看上去挺漂亮的，也是一个好办法。你的父母在意穿着打扮吗？"

"我父母是药剂师。"

"乱糟糟的会让我发疯，在这儿没有一个人会坚持把一切弄得很整齐，很干净。"

"为什么？"胡戈小心翼翼地问。

"因为这儿的人只关心他们自己。"

那天晚上，他听到一个客人说："现在这儿没有犹太人了。他们都已经到达了目的地，我们会把那些藏着的犹太人一个一个地清除。我们成功地清除了这个犹太种族，现在，终于可以呼吸了。"

"他们全都走了吗？"娜莎问。

"无一例外。"

"那现在这儿再没有犹太人了吗？"

"我们一劳永逸地完成了使命。"

胡戈听懂了男人说的大多数话，对于那些他听不懂的，他就猜。不过他宽慰自己，妈妈躲在了一个遥远的无人知晓的村子里。在那儿，她小时候的朋友照顾着她，就像玛丽安娜和娜莎照顾他一样。

第三十一章

早晨，胡戈不安地醒来。玛丽安娜的房间里一片喧嚣，无法知道里面到底发生了什么骚乱。他一度以为士兵们在搜查，女人们正努力堵住他们前往壁橱的路。胡戈起身，打算从厕所边上的出口逃出去时，骚乱变成了哭泣声。在阵阵哭声中，他听到了娜莎的名字。

胡戈听到后，身体在颤抖。哭声持续了很久，渐渐地变成别的声音。一些女人还待在门口说着一些奇怪的事例。从她们的话中，她知道有一场灾难降临到了娜莎头上。他们没有讨论事情的性质。

胡戈坐在他自己的地方，眼前看到娜莎修长、白皙的大腿和他为她修剪、涂上指甲油的脚指头。他注意到她不像玛丽安娜那样轻易露出大腿，好像她害怕受伤似的。在胡戈为她剪脚指甲的整个过程中，她始终咬着下嘴唇，等胡戈涂好指甲油，她收起双腿的样子像是在害怕即将到来的疼痛。

后来，他听到一个女人气喘吁吁地说："她收工后，就离开了房间。她穿着一件厚大衣，头发梳得很整齐，她是精心打扮过的，她身上完全没有即将要发生什么不幸的迹象。士兵都相信她就像以往一样，是去镇上看她的侄子，然后在面包店买一包巧克力。"

"那谁看到她淹死了呢？"有人问那个女人。

"一个渔夫，他看到她跳到水里，他努力地想把她拉起来，可是没能成功。水流太急了。"

"她现在在哪儿？"

"你还有其他这样的问题吗？"女人生气地回答。

突然，胡戈听到另一个女人的声音。她不紧不慢又不带感情地说起娜莎一年前是怎样开始到这儿工作的，又是怎样适应了这个地方的。"她是个谦和的人，对朋友也忠诚。要是一个朋友身体不舒服或者需要帮助，娜莎就是第一个来帮忙的。她在帮别人的时候从不期待回报。她绝不会说，我给过你东西，帮助过你，你忘恩负义。"

"她爷爷是个牧师，她继承了他的美德。她从不抱怨，既不抱怨朋友也不抱怨客人。她无声地、高尚地忍受着一切。她不去教堂，但上帝在她的心里。我们不知道怎样好好照顾她，实在是太糟糕了。她向所有人付出，却没有一个人为她付出过任何东西。"

"她为什么自行了断呢？"

"她明显是太孤独了，她比我们所有人都孤独。她从不说起自己的父母或者姐妹。她常说到她爷爷，她说他是'一个完整意义上的上帝的人'。"

"那她有负罪感吗？"

"我猜是这样的,但她从来不说。她非常克制。她曾经对我说:'为什么人们不好好地谋生?'她不像我们那样表达自己的厌恶与反感。她每天工作,从不抱怨自己头痛或者胃疼。我曾经对自己说过不止一次,娜莎是个坚强的人,她看不起我们。事实证明我错了。"

胡戈听着她们的话,他一边听,一边看到湍急的水流没过了她的整条腿。将来会如何?从此刻起,他的生活会如何前行?他不知道。他幻想着傍晚娜莎会站在门前让所有的人惊讶,她会说,渔夫搞错了,那不是我。我现在就站在你们眼前。最后,她会告诉他们,我在我爷爷的教堂里,然后我去了他的墓地。他张开双臂拥抱我,叫我"我的女儿"。

胡戈就这样坐在角落里做梦。同时,这个住宅又回到了往日的宁静。一些寻常的问题被提出来,之后又是一些寻常的回答。突然,听到一个年纪大些的女人的声音:"我应该做多少?"

"三十份,足够了。"

"三明治也是?"

饥饿折磨着胡戈,他紧张地等着娜莎的到来。

到傍晚,壁橱门被打开了,维多利亚出现在门口。"你在做什么?"她问,仿佛他又一次被抓到做了什么淘气的事。

"没什么。"他站起来说。

"娜莎淹死在河里了,而你还坐在这儿好像一切都会来到你身边似的。"

"我不知道。"他撒了个谎。

"娜莎淹死了,我不知道他们打算安排谁住在她的房间。并不是每个人都想要照顾你的。照顾你是件冒险的事。你让我们所有人处在危险之中，你明白吗？"

"是的。"

"要是再有什么搜查，你必须得离开这儿。我们不能再留着你了。"

"我去哪里？"

"去森林里，森林里有犹太人。"

"那谁来看管玛丽安娜的衣服？"

"那不关你的事。"

后来，维多利亚给他带来一些汤和肉圆，然后离开了。胡戈狼吞虎咽，把这些美味的食物吃得精光。一整天来折磨着他的恐惧离开了。他恢复过来，告诉自己，要是到了必须要逃走的时候，我就逃走。现在是夏天，夜里暖和，森林里有果实，农夫们也认不出我。我有着金发，胸前戴着十字架，还能说流利的乌克兰语。到了森林里，我会找到玛丽安娜，我们会远离人们和他们的阴谋，一起住在大自然里。

第三十二章

后来的几天是紧张的：这个住宅里的女人争吵，流下痛苦的泪水。娜莎的死持续撼动着她们的内心。

"那些恶毒的鱼吃了她的肉。"胡戈听到门口一个绝望的声音说。维多利亚有些不同的看法："娜莎这会儿在天堂，善良的天使处处保护着她，没有什么好担心的。她现在状态很好，但愿我们也是。"不过，她和胡戈说话时用了一种不同的语气："你必须得走，要是你不走，我们会赶你走。"

"我在等玛丽安娜。"

"你根本不需要等。她不会回来了，你必须得到森林里去。那儿还有犹太人。"

胡戈鄙视那牢牢抓住他的恐惧，可是恐惧的力量比他更强大。夜里，他梦见自己和爸爸妈妈一起在前往喀尔巴阡山区的特快列车上。他们身上落满了雪。火车停了，和以往一样停在大家都称之为"山顶"的车站。胡戈把雪橇固定在自己的靴子上，直接从站台滑了出去。滑雪流畅的感觉让他觉得自己的整个身体在翱翔。爸爸在他身后滑着雪喊："胡戈，你滑得棒极了。自从我们上次到这儿以来，你进步了很多。你在哪里学的？进步不会自己产生。"受父亲的鼓舞，胡戈加快了滑雪的速度，在雪地上翱翔。他大声说："我已经战胜了恐惧，现在我什么都不怕啦。"

第二天，维多利亚严厉地对胡戈说："他们现在正要挨家挨户地搜查犹太人。你威胁着我们所有人。你还有几小时可以收拾行李，钻过洞消失掉。如果你不这样做，守卫会把你送到警察局去。"

"可我去哪里？"他的声音颤抖了。

"我早就告诉过你了，去森林里。森林里有犹太人。不要做个懦夫，冒险去求生吧。无论是谁，要是不肯冒险，恐惧就会置他于死地。"

"我今晚就走。"胡戈说。

"要是我明天早上打开壁橱发现你还在的话，你就要为自己的性命负责。"

那是最后的通牒，他想象着守卫拖着他的画面。

胡戈心里决定他将留下行李箱和儒勒·凡尔纳以及卡尔·梅的书，还有一些数学和几何书。他要带走一些保暖的衣服、笔记本和《圣经》。如果上帝想让我回来，我会发现这里的一切还是原样，如果他想让我留在森林里，那也没什么要做的。这些话在他的脑海里盘旋。后来他意识到这是玛丽安娜说话的方式，他在无形中已经学会了。

出于一些原因，索菲亚，他父母亲的用人出现在了他的眼前。她的立场与他们家普遍的观点都明显对立。她的乡下习惯、她的宗教信仰、她个人的信念以及她的专横独断所反映的对自己以及自己的生活方式的自信。困惑从来不会给她的精神蒙上阴影。她不止一次说过："犹太人太体贴了。我从没看到过一个犹太人随意发火。犹太人为什么不生气？"常常，她从教堂回来，胡戈就会听到她说："你为什么不去？这样一个充满着崇拜的地方，我从教堂回来，就会焕然一新。祈祷、音乐、布道让我与上帝和他的弥赛亚紧紧联系在一起。难道你不向往上帝吗？"

"我们向往。"他的爸爸会半真半假地说。

"如果是这样，那为什么安息日你们还待在家里呢？"

"上帝无处不在，他也在家里，他们不是这么说的吗？"他的爸爸尝试着机智地回答。

听到这话，索菲亚挥挥她的手臂，仿佛在说，那只不过是借口。有时候她会加上一句："犹太人是一个奇怪的民族，我从来都无法理解他们。"

索菲亚充满着活力，他的父母都喜欢她。每个节假日，他们都会给她买一份礼物，或者他们会给她一些钱好让她为自己买点东西。德军入侵之前的一个月，她就已经回到了自己的村里。胡戈的妈妈给了她一些衣服和一些补偿金。索菲亚像个孩子般哭着问："我为什么要离开你？你对我比我的父母和我的姐妹还要好。"

"你可以留下来。"他妈妈立刻回答。

"我之前跟我父母保证过我要回去，我不能违背那个誓言。"

他们一家三口陪着索菲亚到了火车站,直到她靠窗坐下来,他们才离开。

胡戈从自己的梦中醒来,这是凌晨两点。那个他被囚禁了降临一年的称之为"壁橱"的巢穴,如今看起来像是一个避难所,它不仅保护着他,更是用各种魔幻般的画面滋养着他。每次他通过厕所边上的开口爬下来走出去,黑暗浓重得仿佛充满了敌意。

时间过得飞快,可胡戈不紧不慢。玛丽安娜那些塞满了壁橱、挂满了四壁的衣服现在对他而言很珍贵,似乎他们属于他的内心世界。如他即将死去,他宁可死在这里而不是外面,他对自己说,也不知道自己说的是什么。

四点钟,胡戈把他的背包从口子里推出去,然后爬了出去。栅栏和树干的底下是一大片黑暗,天空中有了微弱的光亮。胡戈可以轻松地爬过栅栏到达田野,可是他的脚不听使唤,他站在原地,一动不动。最后,他走进柴火棚,蜷缩在一个角落里。

第三十三章

胡戈坐着,候着守卫的脚步声。他曾经透过壁橱缝隙,看到过那个高个子、阔肩膀的家伙骂其中一个女人:"你不过是这么个东西,滚,去你的房间!"

"我不去,我不归你管!"她朝他喊叫。

"再让我听到一句废话,我就揍扁你。"他一边说,一边指着女人威吓她。

眼看就要落入守卫有力的双手里被捏得粉碎,胡戈为自己而难过。他再也见不到爸爸妈妈了。可是他却无法站起来跳过栅栏往那深重的暗夜里逃去。他从背包里拿出本子写起来:

亲爱的爸爸妈妈:

前阵子我离开了壁橱。玛丽安娜没能兑现她的诺言,她没有回来。厨师维多利亚威胁说要告发我。我别无选择,只能逃到森林里去。我现在坐在柴火棚里,等会就要离开了。别担心我。到了森林里,我会找到避难的地方。如果幸运没有降临于我,我被抓住了,或者不见了，你们要知道，我永远想念着你们。

胡戈把本子放进背包，泪流满面。

粉红色的光线穿过了地平线，天空的颜色变了。从柴火棚这儿，他看到了整片的草地，还有藤蔓覆盖着的房屋。在玛丽安娜的房间时，他只能看到一点点。现在，它们整个地呈现在面前。**我在开始全新的生活**。他说着，好像在积聚着力量。

胡戈站在柴火棚的门口，准备把背包扔过篱笆，再跳过去时，他听到了一个绝望的声音在呼唤："胡戈，胡戈，你在哪里？"起初，他还以为这只是幻觉，但是一会儿，他又一次听到了这个透着绝望的声音。

"我在这儿。"他回答。

"我看不到你。"

"我在外面。"

"回到我这里来。"

他靠近洞口，爬回壁橱。他从暗处伸出脑袋，看到跪着的玛丽安娜。

"玛丽安娜！"他轻轻喊。

"上帝啊，你怎么到外面去了？"

"维多利亚威胁我，她要出卖我。"

即便在暗处，他也清楚地看到了发生在玛丽安娜身上的巨大变化。她的脸瘦了，头发扎在脑后，双眼凹陷着。她把他抱在怀里的方式也不一样了。"我已经戒酒了。"她说着，低头向胡戈靠来。

胡戈没有拒绝，他吻了她的脸。

"我度过了一段艰难的日子后，决定戒酒再回到这里来。这儿，我有自己的房间，有吃的，还有钱。在外面，他们总是虐待我。"

胡戈还记得她早前的那些戒酒的话，而这一次不同于以往。玛丽安娜告诉他，整整一个星期，她滴水未进。口渴折磨着她，可她毫无办法。

"我会帮你。"他说。

"没有白兰地，我的生活就一文不值。所有的快乐和对生活的渴望都离我而去，但我再也没有别的选择了。在外面，他们迫害我，像对一条龌龊的狗一样。"

胡戈握着、吻着她的手，说："别担心，玛丽安娜，无论你叫我做什么，我都会去做的。"

"太谢谢你了。"她说话的这种声音是胡戈从来没有听到过的。

玛丽安娜马上开始整理起房间，她拖地，把画挂回到架子上。她年轻的、对生活充满着欲望的身影出现在房间的每个角落。

"我不在的这些天里，你都做些什么呢？"

"我坐在角落里想你。"

"我到处找我们能待的地方，但怎么也找不到。我从一个地方游荡到另外一个地方，他们都认得出我，迫害我，就像那虚伪的维多利亚害你一样。那你准备怎么办呢？"

"逃到森林里去找你。"

"你是我的英雄。"

下午，玛丽安娜准备为胡戈洗个澡，她说："现在，我要为我的男人洗澡。很久以来，我离了他而去，现在他又是我的了。"有那么一阵，她又恢复了以往的那种熟悉的说话语调，她的脸上又焕发了往日的容光。

晚上，胡戈与玛丽安娜一起睡在大床上。她柔软的身体、她身上散发的芬芳让他沉浸在一种极致的愉悦之中。"你是我的，你的一切都属于我。男人都是灵魂粗俗、只会欺凌我的恶棍，只有你，你坚强又甜蜜。"玛丽安娜一边说，一边挥了挥手。这一挥手，驱散了几小时前还笼罩在胡戈身上的令他窒息的黑暗。

第三十四章

接下来的几天,他们又重新落入黑暗。玛丽安娜不停地说,没有白兰地,她就要疯了。客人们倒没有抱怨她,不过有些客人问:"你怎么了?你身体里的那股热情去了哪里?"

玛丽安娜在忍受,胡戈能从她做的每一件事中感受到她的痛苦。她每天擦洗房间,抖干净床垫和地毯。胡戈注意到她暴躁的动作。当她点烟时,她的手指在颤抖。

玛丽安娜的客人是士兵和军官。胡戈很快知道他们在战争中的形势越来越糟。许多士兵即将被发配到前线。他曾听到一个士兵告诉玛丽安娜:"明天,他们就要把我送到东线去了。拿着这枚戒指,上面刻着我的名字。在这场该死的战争里,你陪我度过了最美好的几小时。"

听到他的这番话,玛丽安娜的泪水奔涌而出。

"你怎么哭了?"

"我为你感到难过。"她说着,哭得更厉害了。

一天晚上,她拿给胡戈一瓶白兰地,说:"你帮我保管好,不要让我喝太多。我要在早上睡觉前,抿上几口,晚上不接客时,也抿上几口。你要监督我,提醒我,玛丽安娜,现在你可不许再喝酒了。你很聪明,你完全知道我什么时候能喝酒,什么时候不能。我常常搞不清楚,你就是我的记账先生。"

胡戈心里知道这是件吃力不讨好的差事。没几天,玛丽安娜就会叫:"别掺和,别告诉我需要做什么。"但此刻,他如她所愿地回答:"我会管好这瓶酒的,在必要的时候,我会提醒你。"

那天晚上,胡戈梦到自己在一片百花盛开、树木茂盛的田野里,爸爸妈妈就坐在他身边。以前,他们每个季节都要去喀尔巴阡山短途旅游。他们最爱那里的春夏。他们一边探险,一边惊叹那些旖旎的风光。他们有时席地而坐,吃点便餐,几乎也不说什么话。马车夫会在旁边一棵高高的树下等着他们。他常常喝上许多酒,那会让他很快乐。

回来的路上,他会开那些为保持清醒而不喝酒的犹太人的玩笑。"理智,你知道的,医生,"他对胡戈的父亲说,"它在生活里并不总是有用的。太理智,反而失去了生活的本来的味道。如果你喝上三四口酒,你马上就会在一个完美的世界里了。"

"喝太多的酒对身体不好。"胡戈的父亲会这样回答。

"那些注意身体的人,最终也是要生病的。"

"躺在医院里可不是件什么好事,我不希望自己这样。"

"早晚，每个人都得在那里结束自己的生命。"马车夫会像打了胜仗一般大喊。

胡戈的父亲喜欢那些马车夫。他会倾听他们的祈愿和忏悔，有时候也试着戳穿他们的那股子盲目自信。可那无疑是徒劳的，他们坚持自己的看法。他们思考的方式就像磐石一般无法转移。争论的最终，他们会说："犹太人都是一群犟驴，你不能改变他们的想法。"

听到这话，胡戈的父亲会放声大笑道："你说得对。"

"我说得对又有什么好处呢？"车夫说着，会一起哈哈笑起来。

这一次，胡戈的梦不一样。胡戈的妈妈好奇地看着他，好像在问："你为什么不告诉我，你经历了些什么呢？"

胡戈苏醒过来，说："那有什么好说的呢？我在玛丽安娜的壁橱里。"

"我知道，毕竟是我把你带到她那儿的。但是，你在那儿看到了什么？听到了什么？那些天你过得怎么样呢？"

"那说来话长。"胡戈含糊地回答着。

"你会告诉我们整个儿的经过吗？"

"那有什么好说的呢？"他再一次想逃避妈妈的问话。

"每一件事情都会让我们感兴趣。"妈妈用一种胡戈熟悉的语调说。

"有些日子漫长得像在地狱里，有些日子短得就像一阵呼吸。"胡戈说，他很高兴自己找到了一些词。

"我永远也不会忘记那些在喀尔巴阡山的夏天。"胡戈接着说。

"感谢上帝，我们在一起。"

"你相信上帝吗？"胡戈很高兴，他能提问，而不只是作为一个被提问的人。

"你为什么这么问？"

"之前，我从来没有听你说过'感谢上帝'的话。"

"我的妈妈，你的外婆，她有时候就会说'感谢上帝'。现在我允许自己照着她的话说，这是罪孽吗？"

这时，胡戈的爸爸过来打断了他们的话。他穿着白色的西装，配上他高高的身材，更增添了一份简约优雅。

"一个人不会轻易地去持有一种信仰，或者轻易地去改变他的信仰。"他说。"我依然还是原来的那个我。"

"我不相信。"胡戈的妈妈抬头说。

"你变了吗？"爸爸问，试图缓和空气中紧张的气氛。

"在我看来，我们都变了。两年里，你在劳工集中营、在伯格河上造桥，胡戈和玛丽安娜在一起，我在田里干得像一个奴隶，要说这所有的一切不曾改变我们，可能吗？"

"我觉得我变老了，但我本身并没有别的改变。"胡戈的父亲回答。

"至于我，"胡戈摸着胸口的十字架说，"它救了我。"

这话让他的父母都陷入了沉默，他们吃惊地站着不动。显然，他们不会再去追问那是什么、为什么了。

第三十五章

玛丽安娜试着戒酒,她整天都十分痛苦。每天吃完早饭,胡戈递给她酒瓶,她深深地喝上几口说:"你就是我的秘密,你是让我活着的灵丹妙药。"为了小心起见,她在身上和衣服上洒了点香水,"这样,就不会有人发现我喝酒了"。

玛丽安娜伤心绝望的时候难以自制。"就喝一口,"她乞求,"只要一口。"胡戈递给他酒瓶,她喝好,小声说:"快藏起来,不要让我看见。"她的朋友发现她刚刚又喝过酒,就会来责问她:"你是不是又喝酒了?"

"只是一小口。"

"当心点儿,"她们警告她,"夫人的鼻子可是跟狗的一样灵呢!"

有时候,她的朋友基蒂会到她房间来。基蒂很矮,看上去就像一个被错误地停止了生长的走在放学回家路上的小女孩。她是迷人的、快乐的,也能给她的朋友带来愉悦。她把那些客人视作自己的、只属于她一个人的。

基蒂喜欢讲她的经历，有时候会非常详细地讲那些客人的事。玛丽安娜和她的朋友们是不会说这些的。她们通常用一个词或一个短句来归纳对他们的印象，"禽兽""恶心""可怕"，"对一头放肆的公牛你能指望些什么？我觉得恶心。"只有非常难得的几次，会听到"他带给我一盒糖，他告诉我他家在萨尔斯堡"这样的话。

胡戈从她们那儿得知，城里有一支扫荡犹太人的特别部队。他们每周都会找到一些犹太人。多数人被处死了，还有一些人被严刑拷打，直到他们交代朋友的藏身之处。德国人要把犹太人赶尽杀绝，不留一个活口。胡戈听着，不禁颤抖起来。

一天，壁橱的门开了，基蒂站在门口。"我是来看你的，玛丽安娜跟我说了很多你的事。"

胡戈站起来，不知道该说些什么。

"天啊，你和我一样高了。你几岁了？"

"我马上就要十二岁了。"

"我比你大一倍，甚至更多。你整天都做些什么呢？"

"什么也不做。这儿有什么可以做的呢？"

"你不读书吗？犹太人都喜欢读书，不是这样的吗？"

"我会思考，有时候，我会想象。"

"你害怕吗？"

"不。"

"玛丽安娜把你的事告诉我了，她喜欢你。"

"那你对这儿满意吗？"他壮着胆问。

153

"这是我的生活。"她说话时带着的那份天真让他感动。停顿了一会,她继续说:"我是一个孤儿。二十年来,我都是一个孤儿。这里是我的家,这里有我的朋友。"

"你有姐妹吗?"

"我是家里唯一的孩子。"她咯咯笑着说。

在胡戈的学校,有些和基蒂一样高的女孩子,也有着同样天真的神情。但基蒂不是女孩子了。不知道为什么,她让他想起了弗里达,她也有着一张少女的脸。他最后一次看见她时,她挤在被流放的人群中,挥舞着她的草帽。

"你觉得无聊吗?"

"不。"

"如果是我,我会无聊。我需要朋友。你是个好看的男孩,怪不得玛丽安娜喜欢你。"

"我会给她帮忙。"胡戈试着纠正。

"怎么帮?"

"只要是我能够的方式。"

"你真好,"基蒂说,"我下次再来看你,现在我必须要走了。"

"我让你失望了吗?"

"不,一点儿也不。你是个好看又聪明的男孩。我之前很好奇,所以我来看你。"她笑着锁上了壁橱的门。

胡戈拿出《圣经》,读起了以撒的故事。很快,他就把以撒想象成一个纤弱的、穿着条纹外套的王子。他的兄弟灵魂粗俗,他们突然睁开眼睛,要去伤害以撒。奇怪的是,以撒视他们的阴谋于不顾,他沉浸在自己高贵的世界里。每当他的兄弟们说话的时候，他就微笑着，好像他已经揭露了他们黑暗的内心。在他心里，他知道他的兄弟们将会毫不犹豫地谋杀他，但他故意无视这一切。他通过这样的方式，表达着对他们的蔑视。

胡戈的阅读和思考，在不知不觉中，让他重新回到了那段早已失去的生活中。他眼前，出现了他的德文老师，一个改变了信仰、常常能够清楚表达自己想法的犹太人。他最喜欢安娜和弗朗兹。不过，在壁橱里度过的这些黑暗的白天于无声中教会了胡戈那些曾经没能学会的东西。等学校再开学的时候，他也能简单清楚地表达自己的想法，再也不会纠缠在那些无关紧要的细节上了。

这个小小的发现让胡戈感到开心。

第三十六章

收割结束了。满载稻草的货车沿着肮脏的道路滚滚前行。胡戈坐着,看着这一切。他越看越清楚地回忆起自己也曾在这样一个金色的夏天,看到过这样满载的货车沿着普鲁特河前行。但是,是在哪儿,又是在什么样的情形下看到的,他怎么也记不起来了。遗忘让他痛苦。不久前,他还能看到自己的爸爸妈妈清清楚楚地站在自己身边,而现在,他们却成为了一闪而过的影子。每次,他努力去想他们时,他们的身影就溜走了,或者被黑暗笼罩了。他们的声音,曾经清晰明朗的声音,也已经模糊了。

玛丽安娜仍一如既往地克制着怒气讲,她的身体再也不能忍受这种压力了。她说自己的身体是一个已经脱离控制的东西。一次,她对胡戈说:"我的身体刚刚平静了一些,很明显,它是被自己控制住了。"多数情况下,她骂自己,说那是"令人作呕的肉体"。她说自己的胸部就像牛羊的乳房,被永无止境地挤奶。她曾经令胡戈惊讶地说:"难怪牧师说,'抛弃肉体吧,今日尚在的肉体到了明日就会被埋在地下。多想想你的灵魂和天堂。'"

每隔几天,基蒂就会过来问问胡戈的近况。他藏匿于壁橱的生活总是令她好奇。"你在想什么呢?"她问着,显然是希望得到一个详细些的回答。胡戈告诉了她一些事,这些事,他还没有跟玛丽安娜讲过。春天的时候,他还会在脑海中看见自己的父母,现在他们已经离他而去了。"那意味着什么?"他问。

"别担心,他们还会回来的。"她温柔地轻声说。

"你怎么知道?"胡戈问,可他立刻知道自己不该这么问。

"我的父母之前也离开了我,但是现在他们都回到了我身边。几乎每晚我都会梦见他们呢。"

"他们是从另外一个世界来到你身边的吗?"

"是的。我很高兴地跟他们打招呼。"

基蒂没有去探究得太深。她告诉他据说战争不久就要结束了。那些一直驻防在这座城市的士兵们已经被发送到前线去了。

"那他们不再追捕犹太人了吗?"胡戈问。

"后方还有一支小队在找犹太人。他们总是会找到一两个,然后就捆住他们的手,拖着他们穿过街道。他们看起来很痛苦。再过一小阵子,战争就要结束了,噩梦也要结束了。"

胡戈喜欢听基蒂的说话的声音。尽管她二十四岁了,她的声音仍然使他想起学校里那些女孩子的声音。

"你真的是一个犹太人?"她的问题再一次使他惊讶。

"是的。你为什么这么问?"

"你看起来就像我们的人，真的很像我们的人。"

"我是一个犹太人。这是不可否认的事实。"胡戈说完，轻声笑起来。

基蒂满是怜爱地看着他说："多年来，我一直梦想能有个像你这样的弟弟，高高的，头发卷卷的，说起话来也跟你一样。"

"我愿意当你的弟弟。"

"谢谢你。"她说着，害羞地红了脸。

每次与基蒂的见面都使胡戈内心快乐又满怀着希望，这也成了他想象的一部分。他梦见他与基蒂一起沿着河散步，基蒂突然告诉他，她打算逃离这里到乡下去生活。她厌烦那些肥胖的客人。"如果你愿意，我们可以一起逃走。我敢保证你也已经厌倦了牢笼里的生活了。"

"那我该怎么跟玛丽安娜说呢？"

"告诉玛丽安娜，你已经厌倦了待在牢笼里。你和别的男孩一样。你没有犯罪，你有在外面生活的权利。"

"德国人会抓我吗？"

"你是我的弟弟，你看起来像我。"她笑着。

胡戈醒来，看到玛丽安娜就坐在身边。

"亲爱的，给我喝一口酒。我不想打扰你，所以我一直等着你醒来呢。你睡着的样子真美。看着你睡觉也很开心。你睡觉的样子就像条小狗一样。"

"你该叫醒我的。你不该遭这些罪。"胡戈说着，对自己的话感到吃惊。

"我想看看自己究竟能够忍受这种折磨多久。"

胡戈把酒瓶递给她。玛丽安娜牛饮似的喝了一大口，紧接着又是一大口。

"拿着，把它藏起来，"她一边说一边站起来，"但愿今晚一个客人也没有。现在他们人越来越少了，感谢上帝，但还是有些家伙来这儿抱怨我嘴里有酒气。我迫切地等着战争结束，那样我们就自由了。你可以从壁橱里出来，我也可以从这里出去。在棉花地里干农活可比整夜整夜地被蹂躏好多了。我的英雄，我干吗要来烦你。总有一天你会说，玛丽安娜是个笨蛋精神病。"

第三十七章

夏日进入了尾声。昨天还是金色的田野,到现在已经因为收割变得荒凉阴郁。夜里变冷了,胡戈只得把自己裹在羊皮里。玛丽安娜每周为他洗一次澡,那是愉快的时刻,整整一个星期,胡戈心中满是这种隐秘的感觉。

夜里,玛丽安娜在没有客人的时候,让胡戈到床上来。她抱着他说:"你是玛丽安娜的,你是她的男人,所有的男人都是狗娘养的,只有你真正地爱着她。"

若幸运之神降临,胡戈会整夜睡在她的怀抱里。可有些晚上,不速之客来敲她的门,他必须蜷着身体爬进壁橱里。一切的温暖、愉悦都消失了,如同它从未存在过,只剩下强烈的耻辱感灼烧着他。

从早上第一缕晨光出现,到傍晚霞光消失,玛丽安娜都备受折磨。她一一历数她的痛苦。"那些当兵的把我当成床垫,让我做下恶心的事。我要是喝了点白兰地,我还能忍受这种羞辱,没有酒,我的身体因为他们的轻薄而痛苦。"胡戈并不能把握她所有的感情,但他目睹了她双手的颤抖,尤其当她颤抖地说:"我无法忍受那些一个接一个的男人,到了该逃的时候了,我不管将逃到哪里去。"

胡戈觉得他必须救她。"我会跟你一起逃,"他说,"我们一起住到乡下去,就只有你和我。"

"人家会认出我,会打我的。"玛丽安娜又陷入原先的恐惧里。

"我们逃到没人认识的地方去。"

"真的吗?你确信?"她问,仿佛他真的可以给她答案似的。

"我知道你需要白兰地。在山里,我们可以靠自己,不受任何威胁,到时,你想喝多少酒就喝多少。"

"你懂玛丽安娜,你爱她。"她说着,立即抱住他。

每当玛丽安娜决定要离开,妓院里就会发生些让她留在这里的事情。几天前,保拉晕倒被送往医院。她的情况越来越糟,夫人又不肯付医药费。为此,医院威胁要把保拉送到救济院去。在那儿,那些被遗弃的人很快就死了。在她们的大会上,每个人都把拯救保拉作为一桩神圣的行动在谈论。他们进行了募捐,许多人都自愿捐出了钱款和珠宝。靠这笔钱,她们给保拉请了一个专家医生,他把保拉从死亡线上拉了回来。每个人都喝起酒唱起歌,庆祝保拉的恢复。夫人威胁要炒了他们的鱿鱼,可大家都喝醉了,酒后的这种愉快让他们没把她的威胁放在眼里。然而,当夫人宣布她要去警察总部报案时,他们都清醒了,停止了喝酒唱歌。

就在那天,保拉的病情更糟了,晚上,她死了。忧郁、沮丧和无助笼罩了整个妓院，可并没有控诉或者抗议的声音。

"保拉走了，因为我们视她的痛苦于不顾，当我们意识到的时候，已经太晚了。人和动物没啥区别，他们活着只为了自己。"玛丽安娜说话时的那种冷静客观，把胡戈吓到了。

胡戈注意到，当玛丽安娜说起上帝或者她的弥赛亚时，她的语气里透露着悲观："上帝不爱玛丽安娜，如果他爱她，他就不会折磨她，他会指给她一条正确的道路。"她的另一番常说的话是；"玛丽安娜活该，就像牧师们说的，她所做的一切都是那么桀骜不驯。"另一句是："我不知道怎样才能像上帝要求的那样去爱我的父母，我迷恋于那些不靠谱的欢愉。上帝看着这一切，听着这一切，它让人为自己的所作所为受到惩罚。所以，我忍受着耻辱。我所遭受的这一切还不到本该遭受的十分之一。"

有一次，他听见她说："上帝耶稣，把我带到你身边吧，我已经受够了这种生活。"可一旦有个客人对她好一些，给她一些额外的钱和一盒糖果时，她就忘了自己的苦难。她洗澡，打扮，穿上色彩鲜艳的衣服和高跟鞋，笔挺地站在房间中央。"我看起来怎么样？"她会问。

"你美极了。"胡戈会这么说，那可以让她高兴。

"太多的抱怨是不对的。并不是所有的东西都那么黑暗。"她会温和地说。当玛丽安娜觉得满足的时候，胡戈也会从他的那个"保护壳"里出来，他的世界扩大了。

最后一个客人走了以后，玛丽安娜躺在床上，陷入了沉沉的睡眠。她有时会一直睡到黄昏。胡戈被饥饿折磨着，但他很小心地不去打扰她。直到她醒来,急急忙忙地给他带来一顿热饭菜,道着歉自责:"我忽视了我最心爱的,我活该被鞭打一顿。"

有一天,她告诉他:"当我们一起到一个隐蔽的地方时,一切就会不同了。我必须积聚力量,我需要一点推动力,那样我们就能离开这儿了。不要绝望,胡戈,我们会做到的,而且会以最美好的方式。大自然对于玛丽安娜来说是最合适的地方。人们会忘了她。对我来说,忍受那些虚伪和残忍太难了。我爱鸟儿们,我愿意把自己的生命都献给它们。小鸟在你的手心里,啄食着面包屑,就像是上帝的一部分。一会儿,你就会变得轻飘飘的,可以和它一起飞走。"然后,她就沉默了。胡戈清楚地知道,这些话并不是她说的,而是别人这么告诉了她。

第三十八章

时光飞逝。胡戈和玛丽安娜一起庆祝了十二岁生日。她从酒瓶里咕嘟咕嘟喝了几口,然后郑重地宣布:"今天,你终于成熟了。今天你成为了一个男人,不同于别的任何一个男人,你和他们不一样,你会成为一个绅士,慷慨、宽容地对待所有爱着你的人。记住,上天给你理想的身高、迷人的外表和一颗敏感的心。生活,我觉得,对你将不再艰难。你喜欢观察、喜欢思考、喜欢想象,毫无疑问,你会成为一个艺术家。一个艺术家长得英俊多好啊。有一天,玛丽安娜会出现在你的想象中,你会想要把她画下来。你懂得她的身体和灵魂。不要把她画成一个可怜的女人。我不希望在你的脑海中我是那样一个可怜女人的形象。记住,玛丽安娜夜夜都像一头母狮子一样和野蛮的男人战斗。请你把玛丽安娜当成一个始终战斗着的女人铭记在心里。你能向我保证吗?"

近几日,胡戈已经感觉到身体里有一股躁动,当玛丽安娜抱他的时候，那种感觉会更强烈。对胡戈而言，这种感觉无法光明正大地言说，当他在床上，躺在玛丽安娜的怀抱里时，他吻了她的脖子。

"我这是怎么了？"这句话从他嘴里脱口而出。

"你长大了，你是一个男人了。你很快就会理解生命的一些秘密。"

胡戈注意到玛丽安娜正用一种确定无疑的微笑神情看着他，每次他在她附近画画的时候，她就张开她的双臂把他环抱住。

哀悼保拉的那些日子过得并不轻松。她们在走廊、房间里议论着保拉的母亲。母亲想把保拉与自己的其他女儿埋葬在一起。还有她的前夫，他喝得大醉，抓着自己的脸大叫："我是个无耻的人，我一点用也没有，我实在坏到了极点。上帝给了我这样一份礼物，我却不知道怎么珍惜她，到地狱里，他们会把我烤了。我活该，你们不要为我觉得难过。"

她们还议论保拉的葬礼。看到那些来送她最后一程的朋友们，神父抬高了嗓音，大声说："放纵的女人，回到你的天父那里去吧。上帝知晓每个人的灵魂，知道他轻浮的念头。上帝，与人类不同，他会原谅一切。就在今日，你回到他那里去吧。"

保拉的死留给人们难以磨灭的印象。女人们提到她的一些事情，说着她对她母亲的种种付出，最常说起的，就是导致她死去的病。胡戈听到了这一切，他眼前出现了带有许多十字架的墓地，耳朵里回荡着悲恸的呼喊声。

一天夜里，胡戈梦到了他在家度过的最后一个生日。他看到了安娜和奥托，他那用尽最后一丝气力来努力使客人开心起来的妈妈，还有那个带着手风琴、穿着厚重外套、努力让那不顺手的乐器演奏出音乐的客人。宾客出于习惯，都没有坐下来，他们站着，手里端着茶杯。他的妈妈，向他们挨个道歉。那一刻，它看起来不像一个生日派对，而像一场沉默的集会。每个人都期待着别人开口，用古语祷告。但没有人站出来，没有人祈祷。客人们一个个互相看着，不知打今后能否再见到彼此。

寒冷让胡戈从梦中醒来。一切是安静的。从玛丽安娜的房间里传来亲切的低语。这次，他没有嫉妒，也没有生气。他从那梦中的家、梦中的爸爸妈妈那里被硬生生地拉回现实，这种悲伤要比嫉妒强烈得多，不断在他身体里刮擦锉磨。当他起来，紧贴着墙壁上的缝隙站着的时候，眼泪如同潮水一般涌来。

玛丽安娜不喜欢他哭。她曾因此斥责他。"男人是不哭的。"她说，"只有小孩和女人才哭。"从那时起，他停止了哭泣，但有时，他还是会淹没在自己的泪水里。

凌晨，胡戈听到一个女人告诉守卫，"昨天晚上，他们抓了好多犹太人。他们在地窖里发现了他们，然后让他们在路上爬。谁要是不爬，就马上被枪毙。"

"我们认为那儿已经没有什么犹太人了。"守卫不置可否地说。

"还有很多。他们藏着呢。"

"什么也帮不了他们。"

"只要还有灵魂，人们就会为他们的生命抗争到底。"

"犹太人太热爱生活了。"守卫的嗓音单调、刺耳。

第三十九章

壁橱的门开了,基蒂站在门口,手里拿着一个小包裹。"我给你带来了一条巧克力。"她说着,把这礼物递给他。

"谢谢。"胡戈一边说,一边站起来。

这是下午,秋日的阳光照在她小小的身躯上,凸显了她那些令人欢喜的特征。胡戈又一次注意到,她和自己一样高。

"你在做什么?"她像往常那样问。

"没做什么特别的。"

"你想你的朋友们吗?"

胡戈耸耸肩,好像在说,我又能怎么办呢?

"当我想我的朋友时,我会休一个短假去看看他们。"基蒂的话显露着她的天真。

"远吗?"胡戈问,他想让他继续说下去。

"坐火车大概要一个小时,或许还不到一点。"

"我不能离开这儿。"

听到这个回答,基蒂微微一笑,似乎终于理解了那些复杂的事情。

有些女人说到基蒂时,把她当做一个还没有成熟或没发育的小女孩。这个孩子自己来到这里,就不肯再离开了。多数女人喜欢她,把她视作必须要保护起来的小亲人一样,但也有一些不能忍受她的女人。她让她们怒不可遏。每次,她们撞见她,就咒骂她,用奇怪的名字冲她喊叫。胡戈一次看到其中一个女人在院子里动手打她。基蒂站在栅栏边上,弓着腰,她的话很简单:**你为什么生我的气?我究竟做了什么?**

"你还在问为什么?滚出去,我们不想再见到你。"

玛丽安娜也觉得基蒂在妓院里不合适。"她太天真了,甚至她的好奇心也不适合这个地方。她的那些问题惹恼了那帮女人。妓院不适合她这样的女人。她应该学一门专业,要么上班要么结婚。她不该待在这儿。"

让胡戈去理解那些纷争很难,但他已经学会了更好地理解玛丽安娜。多数时候,她克制着自己,忍受着,当胡戈把酒瓶递给她的时候,她一边喝一边说:"我能有你真是太好了。你是我的天堂。"这些夸赞使他有点尴尬,他想对她说安慰的话,却找不到合适的。

过去的几周,胡戈觉得自己与玛丽安娜已经很亲近了。"你越来越成熟了,"她继续说,"一会儿,你就会成为一个强健又富有爱心的男人。"睡在玛丽安娜床上的那些夜里,有一种令人眩晕的快乐,这种快乐整天伴随着他。

胡戈正沉浸在他的想象中,壁橱的门开了,维多利亚出现在门口。她惊呆了，说："你竟然还待在这儿？"

"玛丽安娜照顾着我。"他心里怀着恐惧，回答道。

"你让我们所有人都陷入了危险的境地。"维多利亚说，眉宇间的怒气显而易见。

"我很快就走了。"

"你早就保证过要走，可你没有遵守诺言。"

"这次我会的。"他说着，避开她愤怒的双眼。

"我们等着瞧。"维多利亚说完关上了门。

那是威胁，胡戈知道。时间一分一秒地过去，他越来越强烈地觉得维多利亚会告发他，士兵很快就会过来包围房子。胡戈怕极了，他检查了两遍逃生出口，又啜了几口玛丽安娜酒瓶里的酒。他有点晕，很快就睡着了。到晚上，玛丽安娜拿着一碗汤来到门前，胡戈告诉她维多利亚之前来过壁橱的事以及她说过的那些残酷的恶狠狠的话。

"别担心，我们很快就要离开这个地方了。"

"我们会去哪儿？"

"随便什么地方，只要不是这儿。"

这儿的生活紧张又狭隘，胡戈非常想把这些细节写在笔记本上。但是，出于某一些因素，有些语句，不在他的表达能力之内。他清楚地知道，尽管他无法运用确切的词汇，但他周围发生的一切到某一天必将毫无疑问地大白于天下。他正把这一切收集概括起来。或者说，是这里发生的事情自行聚成一体，让他理解。玛丽安娜明显感知到了这个情况，她总是说："不要把我当成一个不幸的女人。玛丽安娜从十四岁起就在前线战斗。这是条残酷无情的前线。我拒绝在有钱人的房子里做仆人，为此我被惩罚了。如果你还记得玛丽安娜这个女人，你就写她用尽全力战斗到底，最后，她心里心爱的人将她从监狱里解救了出来。"

"那是谁？"

"你，再也没有别人了。"

玛丽安娜又度过了一个艰难的夜晚。一个客人冲她大叫，骂着她，一直叫她做她明显厌恶的事。他不停地抱怨，夫人也因此责骂她，还在她的账簿里写了警告单。胡戈听到了这一切，心绷得紧紧的。

但接下来的一夜，玛丽安娜没有客人，她让胡戈躺在身边。玛丽安娜温柔而满怀深情。他感到她的臂膀和腿是那么细腻美好，他强烈地渴望着爱抚她的乳房。

第四十章

混杂着不安、恐惧和强烈欢愉的日子一天天过去了。胡戈早前的生活无声无息地离他远去,如今,它成了一块逐渐消失中的暗淡的碎片。

爸爸,妈妈,你们在哪儿? 他在无意间问。他们不再留在他心里。他想把他们从记忆深处唤起,可这种尝试是徒劳的。他们不再以原来的形象出现,他们离开了他的梦境。玛丽安娜填满了他的梦。

他的生活将走向何方?胡戈并不细想。他已经变成了这个奇怪的地方的一部分,他能够很快认出一些声音。那是当局一个恶毒的守卫的声音。那是维多利亚的声音,她在抱怨自己从早到晚工作,又在生一个叫示巴的女人的气,说她没有按照份额,而是一个人虎狼般吃光了所有的食物,只留下了些空盆。那微弱的孩子气的声音当然是基蒂的。胡戈为自己的即将离开感到难过。他在心里安慰自己,玛丽安娜会与他一起流浪,而且她夜里无需再工作,她将完全属于他。

胡戈把他与玛丽安娜在喀尔巴阡山区的流浪想象成了一场集快乐和沉思于一体的长途旅行——就像他与父母共同度过的那些金色的暑假。但现在，所有的责任都将落在他的身上。

胡戈知道他的想象有失客观，但要和玛丽安娜一起远离其他人的渴望让他嘴里说出一些他平常不太说的话来。这些话有时让他听着觉得非常虚伪空洞，有时会升起一种令人不快的不自然的感觉。

"你会原谅我吗？"他说。

"原谅什么？"

"因为我不能够恰当地表达我自己的想法。"

"你在说些什么呢？"玛丽安娜说着，不禁大笑起来。

这会儿，又下起了雨，天也冷了。"我们下礼拜再走。"玛丽安娜说，推迟了他们离开的日子。占领军都被送到了前线，只有一支搜寻犹太人的小分队还留在城里。事实上，他们就是妓院的客人。

战争正进入尾声，德军显然陷入了困境。那个对德国军队总是满口溢美之词的守卫已经不再这么说了。现在，他用同样的话来夸赞俄军。**他们知道怎么撤退，他说，巧妙地将身后的德军诱入大雪茫茫的平原。德军的结局将会像拿破仑一样。将会是冬天，而不是坦克，赢得这场战争。**

听到这话的女人害怕了。大家心里都清楚，那些服务于德军的人将会受到惩罚。俄军会带着怨恨来复仇。

"他们会对我们做什么？"一个年轻的声音问，胡戈没能分辨出是谁。

"每场战争结束,都会有赦免。你们这样的罪不重的。"守卫用那权威的声音说。这个观点并没有缓解刚刚问话的女人的恐惧,她想知道自己会否得到赦免。守卫丧失了耐心,回答她的时候也没看着她。

"你没什么好怕的,"他说,"他们不会强奸你。"

客人少得几乎没有了。夜里,女人们坐着一边打牌一边回忆。有时候会听到一场伴随着泪水的忏悔。玛丽安娜是平静的,她喝酒,想喝多少就喝多少。当她喝够了,她的脸上焕发光芒,嘴里说出令人惊讶的观点。她穿着一身粉色,预估着未来,向胡戈保证等天好起来,他们就出发。

"你早就是大人了,"她说,"你应该知道这地方只不过是个妓院。"

尽管比起那些看得见的事情,隐藏着的事情仍然多很多,胡戈还是知道了这里的一些秘密。

那女人与每一个客人争吵。但玛丽安娜不这样做。她已经受够了他们,她很高兴能和胡戈一起躺在床上。胡戈的快乐是无尽的。

"人应该赞美他度过的每一天、每一个时刻。"玛丽安娜又一次让他感到惊讶。

"为什么?"胡戈问。

"因为事物是瞬息万变的。未曾堕落的一天是上天的礼物,应当被祝福。你必须要学会这一点,亲爱的。没有什么事物是不解自明的。我们被交到上帝的手里。他可以随心所欲地伤害或者行善。"

"上帝监视着我们吗?"

"一直都是,所以我很害怕。上帝不喜欢这带着罪恶的房子。上帝爱那些把孩子带到这个世上的结了婚的女人。他不爱我这样的女人。"

"我爱你。"

"可你不是上帝。"玛丽安娜说,他们俩都笑了。

胡戈又一次翻开《圣经》,读以撒的故事。胡戈觉得他也像以撒一样,带着一个即将揭晓的秘密。他这会也要经受许多考验,但未来将会如何,他也不知道。

"你会成为一个艺术家。"玛丽安娜总是这么说。"你有高挑的身材,善于观察的双眼。你会正确思考,不让自己深陷于敏感之中。这是我的真心话。"

奇怪的是,她从童年起就已经领教了生活的艰难,一直在其中挣扎奋斗,却从不否认人可以既拥有美貌又拥有高尚的灵魂。**她是从哪儿获得那样的理解?** 胡戈一直对此感到疑惑。

第四十一章

玛丽安娜的虔诚一再使胡戈感到惊讶。他注意到，她心情低落的时候，不谈上帝而只说她自己和她的罪恶，把地狱描绘成一片炽热火红的颜色。但两三口白兰地就会一扫她脸上的阴郁。一束崭新的光芒让她前额颤动，然后直接与上帝对话。

"亲爱的上帝，你比任何一个人都更懂我的心。你知道我在这个世界上几乎没有纯粹的快乐，我的耻辱却那么多，那么痛苦。我不会说自己是个正义的理应去往天堂的女人。我身受着耻辱的重负，迟早我会为此付出代价。但我从来没有停止对你的渴望，上帝。即便我身在地狱的深处，你也是我最热爱的。"

夜里，她让他摸她的乳房。她的乳房硕大丰满，散发着温暖而令人陶醉的气息。玛丽安娜喜欢他触碰她的方式，她说："你温柔善良，你爱玛丽安娜。"

她再次让胡戈发誓："无论我们之间发生了什么，都将永远永远是个秘密。"

"我发誓。"他高声说。

由于几乎没有客人,那些夜晚被温柔的黑暗填满。难得有个人敲门,玛丽安娜立即称自己喝多了不能招待任何人。客人就到隔壁去了。

现在,玛丽安娜的体内满是白兰地。她的心情变好了,大脑兴奋极了,热情洋溢的话语从她的嘴里蹦出来。她告诉胡戈,从她还是个年轻的小女孩时,她就想这样在妓院里工作。工作的场景始终是这样的,一个待在门口的守卫,一个瘦巴巴的叫人无法忍受的老鸨,还有妓女。妓女中,有好的也有卑劣的。她们多数都是坏女人。这没什么可惊讶的,每天晚上两三个饥渴的男人可以毁掉一个最强壮的女人。"从我十四岁起,他们就一直饥渴地糟蹋我。"她说。"现在,我就想躺在床上,抱着我的大宝贝,睡上很久很久。没有什么比没人打扰地睡上整夜更好了。"

她再一次让他感到惊讶。"你要是永远长不大就好了,"她说,"男人小时候都是很甜美的,他们长大以后,就变成了四处猎食的野兽。你要永远保持你现在的样子,同意吗?"

"我同意。"

"我知道你会同意的。在此之前我就知道。"

有一晚,她告诉他:"不可否认,犹太人更温和。他们不会虐待一个光着身体的女人。他们会温柔地抚摸她,在她耳边轻轻地说句好听的话,总是多给她一些钞票。他们知道她的钱大多被老鸨拿走了。你妈妈也总是对我很好。在那些艰难的日子里,她一直记着我,给我带衣服、水果、奶酪。她还有什么没有带来过么?她从来没有忘记我们俩曾经是同桌,我们都喜欢跳绳、打球。她从来没有对我说过:'你为什么不去做些体面的工作?'事实上,我期待她严厉地说我,但很高兴她并没有以此让我痛苦。

"我说过,犹太人更温和。犹太学生总想让我加入共产党。我曾经被说服去了他们的总部。他们在讨论争辩,而我什么都不知道。实话说,我不适合他们。我在污泥中长大,就像沾满了污泥的动物,我不知道在别的环境下怎样生活。"

"至于你,感谢上帝,在一个良好的家庭里长大。你的父母让你观察、思考、想象。我过去从一个地方逃往另一个地方,总是既害怕又羞愧。我的父亲,但愿上帝原谅他,过去常常用棍子打我,从我还是个孩子时就开始打我。他还打我的姐姐,但他打我打得更残忍。我没办法,从家里逃了出来。

"他常常追我,等他找到我,会无情地揍我。我每天都能感觉到他的鞭子。那些伤痕是永远不会愈合了,我的肉体仍然记着它们。他是一个穷凶极恶的探子,要是找不到我,他是不会回家的。有时,他会找我找上整整一个星期,找到我的时候,他的残忍无以复加。

"我为什么现在还记着他?要不记住他,那是不可能的。他对我的鞭打深深地留在我的脑海中,透入了我的骨髓。我不是要打扰他的长眠。让他在坟墓里安息吧,可我又能做什么?当我躺在床上,那些伤疤使我醒来,折磨着我。

"我的母亲,那是段幸福的回忆,对我好得多。她也一直在忍受。我父亲也不会放过她。他总是对她发火:'你为什么不摘白菜?为什么忘了仓库的事?'我可怜的母亲会道歉,请求他的原谅,然后承诺

177

去做所有的事,但她没能遵守她的诺言,他就会冲她尖叫,有时候还会捆她耳光。赶上她生病时,他会说:'你在装病。你压根什么病也没有,你是不想干活。你在床上躺这么久,你会真的生病的。'可最后,他倒比我母亲先死了。"

胡戈听完这一切,说:"不久,我们就会被大自然包围着,没有任何人。"

"可现在在下雨,"玛丽安娜回答,"待在这儿更好,这儿有暖炉。"

几小时过去,雨下得更大了。夜里没有什么安排,老鸨也不会突然来访,女人们坐在大厅里,她们喝酒歌唱。胡戈喜欢听他们的乌克兰民歌。有时,大厅会传来一阵呜咽声,然后每一个人都跟着哭起来。只有玛丽安娜不乐意这么做。胡戈有时听到她的声音:"没有客人,我们必须得要把这个地方关了。"

"那我们会怎么样?"

"每个人都自寻出路。"

听到她的回答,女人们都沉默地坐着,胡戈觉得里里外外都是敌人。他想用玛丽安娜偶尔说话时的那种方式说:"不要害怕。恐惧是令人羞愧的,恐惧只会把我们打入地狱。你们不准害怕任何人。"

第四十二章

冬天提早来临。关于德军开始撤退的谣传不断。火车从前线开出,不再靠站停车。即便是在壁橱里,也能听到它们低沉的急速行进的声音。

"现在不可能离开这儿了,"玛丽安娜说,"我们目前不得不待在这儿,直到暴雨过去。雨后是冰雹,最后还会下雪。要是没有房子,我们会冻死的。"玛丽安娜很高兴,她的意愿和外面迫使他们继续待在妓院的事实之间,并没有矛盾。

要不是因为那守卫,他们会全都蜷在床上再多睡会儿。出于一些原因,守卫改变了他的观点,他警告那帮女人,俄国人会把她们打死。

"无论是谁,向德国人出卖身体就得不到宽恕。你们要赶紧逃走。"最近,他的声音变了,听起来少了点命令的口气。维多利亚给出的建议不一样:"你们必须逃到修道院里去回报上帝。"

"我们怎么才能回报上帝?"胡戈听到一个年轻女

人的声音,但他辨不出是谁。

"弯下你的膝盖,说'我主耶和华,原谅我犯下的所有的罪孽。从今往后,我不再作孽,也不会让别人再犯下罪孽。'"

"我们应该现在说,还是到了修道院再说?"

"现在吧。"

"在这个地方发誓好奇怪。"

"怎么奇怪了?一个人发誓不再作孽的时候,上帝会听着的。"

后来,他听到一个女人唏嘘:"这该死的生活。"

"结了婚的生活会好些吗?我姐姐的丈夫天天揍她。"

"男人一晚上要糟蹋我们三次。"

"到今天,在受了十年的侮辱之后,我会选择结婚。"

"现在俄国人就要来了,他们要把我们打死。德国人曾经怎么对犹太人的,俄国人也会怎么对我们。俄国人的心里可没有上帝。"

客人都不再来了。大家又紧张又害怕。女孩子们坐在大厅,聊天、喝酒或者打牌。她们记得那些带给她们一盒盒糖果,却不迫使她们做任何恶心事的和善的客人。

"一会儿火山就要爆发了。"守卫警告她们。

"让它爆发吧。我们的生活一文不值。"其中有人这么回答,每个人都笑了。

玛丽安娜的心情很好。她尽情地喝酒,为那些她克制着不去享用像白兰地那样的美酒的日子感到后悔。这辈子,你只活一次,她说。

胡戈也很满足。玛丽安娜不停地拥抱他,每隔几天,她让他靠门站着,为他量身高。她说:"你又长高了。不久,你的体毛也会长出来。"她喝了酒,很放松。她让他看抽屉里的香水瓶、珠宝以及作为礼物收到的丝袜。胡戈喜欢看着她伸开腿穿上丝袜的样子。有时,她只穿着内裤、胸罩站在镜子前,说:"我的身材还没走形,这难道是真的吗?我只不过还是原来的样子,不胖,也不瘦。许多女人可是大腿松弛、肚子凸出呢。现在,我们得教胡戈怎样去爱玛丽安娜。"

"我爱你。"胡戈很快确定。

"等等,等等。你还没完全知道呢。"

再三重复警告之后,守卫最后逃走了。夫人宣称她现在已经把住宅锁起来了。厨房也要关掉,每个人必须要自己照顾自己。

"我们会怎么样呢?"

"我也不能帮你们。我已经花完了我的钱。一个多月以来,我没有收入。我不能养十七个女孩。面包房不会白白给我面包,屠夫也不会免费给我肉。"

"你会后悔的。你不能关掉这个地方。德军会回来,报复那些传谣他们失败,并关掉那些原本为他们效力的部门的所有人。"一个女人提醒她。

"我又能做什么?"她换了一种语气。

"不要太草率。"

"我没草率,"她回答,"我经营这个地方已经二十年了。管这样一个妓院可不是一桩小事。我明白哪些事是可能的,哪些事是不可能的。现在,事情已经远远超出我的掌控。储藏室已经空了,地窖也是。"她突然抽泣起来。

一片沉默。夫人回到自己的房间去了。

181

后来，维多利亚从厨房出来，低声说："我还可以供应一个礼拜的伙食，如果我们节省点的话。一个礼拜后，但愿上帝能帮我们。"

"谢谢你，维多利亚，但愿上帝保护你。"她们祝福她。

玛丽安娜似乎并没有受这种情绪的影响。自从她又开始喝酒以来，她的情绪一直很稳定，事实上，比以前更好了，不再有任何低落的时候。无论什么都不会触动她。她跟胡戈讲她的童年和少年，还有她和一个叫安德烈的男孩谈恋爱的岁月。他长得英俊帅气。有一天，他的父母搬到另外一个村里去，他就把她给忘了。她为此哭了很久，一直在找他，但他消失了，只留下了伤痕累累的她。

"我不会抛弃你。"胡戈立即坚定地说。

"但愿不会如此。"她说，然后，大笑着抱住了他。

第四十三章

她们曾经翘首以待的日子到来了：每个人都睡到很晚才起床，然后一起吃早饭，分享做过的美梦，不停地问厨房里还有什么好东西。

玛丽安娜一直喝酒，显然要重新追回戒酒时错失的美好时光。她常常谈到她年轻时，不停地从一个妓院搬到另一个妓院，直到来到这里。她说呀说呀，可她的话并不引起别人的关注。她的朋友们看着她，仿佛在说：我们都是这么过来的，这又有什么特别？

但是，当她说"现在，我想向你们介绍我的年轻朋友"时，每个人都沉默了。多数人已经知道，或者猜到了这个秘密。胡戈惊呆了。在他的脑海里，这里所有的女人都该是玛丽安娜的模样。现在，她们围着桌子坐在大厅里，十七个发型各异的年轻女人，就像在班级聚会上的女孩子那样。胡戈第一眼朝她们看去，想起了索菲亚的朋友。她过生日时，年轻的男男女女常常聚到她家里来。他们来自同一个村子，到了城里，他们一起逛街购物,将日常的琐事与生活的欢娱结合起来。胡戈曾经着迷于他们说话的方式、他们的动作以及富有色彩的本地话。

胡戈被从头到脚审视了个遍。一个女人问:"你叫什么名字?"

"胡戈。"他回答,对于自己并没有低头感到满意。

"好名字。我从来没有听到过那样的一个名字。"

"听上去不像犹太人的名字。"另一个女人评价道。

基蒂穿着孩子气的衣服,一双大大的眼睛,显得很显眼。其他的人周身裹着各色的长袍,就像刚刚从床上爬起来。

"我们要给胡戈做一杯咖啡吗?"一个人说。

"胡戈喝牛奶。"玛丽安娜说。

玛丽安娜的话激起了响亮的笑声。

"什么事有这么有趣吗?"玛丽安娜问。

"他是个大男孩,一个结实的小伙子,应该喝咖啡而不是牛奶了。"

"你怎么不说些什么呢?"一个女人问胡戈。

"你想让他说什么?"玛丽安娜想要护着他。

"我还以为他是个孩子。事实证明我错了,他无论如何都是个小伙子了。"

"你错了。他只是长得高了点儿。"玛丽安娜又一次护着胡戈。

"我的天啊,我知道一个孩子和小伙子的区别。"

那些争论让玛丽安娜有些恼火。她牵起他的手说:"胡戈感冒了,他得去休息了。"

"他看上去不像感冒了的样子。"那个女人挑衅道。

"他感冒了，而且是重感冒。"玛丽安娜试着让他从女人们贪婪的注视中解脱出来。

胡戈听到女人们的笑声时，刚刚进壁橱。在她们的笑声中，冒出他和玛丽安娜的名字。笑声越来越放肆，有一阵子，那声音听起来是在幸灾乐祸，因为他们终于揭露了玛丽安娜的秘密。

下午，玛丽安娜准备泡热水澡，她说："现在我要给我的小伙伴洗澡。我的小伙伴一天天地长大、成熟。不久，他就会和玛丽安娜一样高。再过不久，他就会比玛丽安娜还要高。我期待着那一刻。不要害怕，亲爱的。玛丽安娜刚刚喝了一点点酒，但她没醉。我讨厌醉酒。"

她把大毛巾披在他的肩膀上，说："你正在成熟，你正在美好地成熟起来。真高兴能看到你。"胡戈在她的话里听出一丝说教的语气，就好像她是在跟他解释自然的法则似的。然后，她一边往他身上擦香喷喷的乳液，一边说："我的小伙伴闻起来就像刚刚成熟的果子。""刚刚成熟的果子"这个说法使他着迷。他想起"含苞待放的花朵"这个词，玛丽安娜有时候也会说这个短语。

胡戈发现他箱子里的大多数衣服都太短了。他穿上那些外套，显得很滑稽。玛丽安娜翻了翻这些衣服，说："玛丽安娜帮你拿点大男孩的衣服来。你穿这些衣服实在是太小了。你已经长大了。"

那晚，洗完澡，胡戈经历了一连串欢快的梦境。他知道梦总是不同的。欢乐与恐惧交织在一起。玛丽安娜突然说："我们无法让时间停留，这真是太糟了。要是我们能够永远像这样生活该多好，玛丽安娜和她的小伙伴在一起。玛丽安娜不要别的东西，她只要和她的小伙伴在一起。胡戈长大了会保护她。勇敢的小家伙。"

胡戈也同时自言自语，时间过得太匆忙了。他还没来得及把那些经历详尽地记在心里。他很难过他已经不会运用修辞手法了，有时候，装饰用的瓶子比瓶里的东西更重要。玛丽安娜美妙的嘴里总是散发出白兰地和巧克力的香味，尝起来甜甜的，她的脖子到胸部十分柔软。"高兴点儿，亲爱的。"玛丽安娜总是说。"那就是女人想要的，休息就像一道餐后甜点。"

第四十四章

第二天，基蒂来找他。她眼中那惊诧的神情似乎在说，你究竟犯了什么罪，竟然要受到这么严重的惩罚？你是个甜美的孩子，学校的课桌才是你应该待的地方，而不是这又黑又湿的壁橱。

胡戈之前就已经注意到她的震惊。我是一个犹太人，他想说，犹太人显然是不受欢迎的。我不知道为什么，我总觉得如果每一个人都认为我们是不受欢迎的，那总有一个原因。很高兴你不这么认为。那就是他想要说的，但他无法将那些简单的想法用语言表达出来，他只是耸耸肩，以示回答。

基蒂盯着他看的眼睛瞪得更大了。"奇怪，"她说，"非常奇怪。"

胡戈发现基蒂对他的关注仿佛让他回到了曾经的家，让他又用起了那些在家里常用的词。他想用"让我们假设""最有可能"以及"一定是"这些短语，在家时常常可以听到这些话。但那些话在这儿毫无意义，似乎它们并不是真正的话，而只不过是一些残骸。

"你上什么学校？"胡戈问道，他立刻就意识到这个问题的愚蠢。

"我不上学已经很多年了，"基蒂说，"我读完小学，之后就一直在工作。"她微笑着，这一笑，露出了她的小牙齿。她的牙齿亮闪闪的，给她的双颊添了一份年轻的感觉。

"我也已经忘了我的学校了。"他说。

"不可能。"

"我跟我妈妈保证我会做数学题，会阅读和写作，但我没有遵守我的诺言，现在我已经把我以前学的都忘光了。"

"像你这样的男孩不会这么容易健忘。"

"真的，"胡戈回答，"你寄希望于一个上了五年学的男孩，他的妈妈在那时候每晚都读书给他听，跟他讲话——她希望他继续读书、写作、做数学题，但我没能继续那样做。我现在不得不离开我曾经拥有的每一件东西、知道的每一件事情，我甚至离开了我的爸爸妈妈。"

"你说得真好。这说明你没有忘掉以前学到的东西。"

"我无法进步，我在任何方面都没有进步。没有进步，就是原地踏步，原地踏步，就是遗忘。我给你举个例子，那时候，我们已经要学代数里的方程式了，法语那时候也已经开始学起来了。现在，这一切从我的记忆里消失了。"

"你很棒。"基蒂说，她被胡戈奔涌而出的话惊呆了。

胡戈告诉基蒂的那些事，打开了他尘封已久的记忆。现在，他的家重新出现在眼前——厨房里有他最爱坐的旧桌子，有起居室、父母的卧室和自己的房间。那是一个小小的王国，充满了迷人的东西——

镶花的地板、电动火车、木制的积木、科幻小说之父儒勒·凡尔纳和文学大师卡尔·梅。

"你在想什么，胡戈？"基蒂轻声问。

"我没在想，我在看好长时间以来都没有看到的东西。"

"你受过非常好的教育。"她一本正经地说。"现在我终于知道为什么每个人都喜欢说'聪明的犹太人'了。"她补充道。

"他们错了。"胡戈鲁莽地回说。

"我不懂。"

"他们不是聪明，他们是敏感。我的妈妈，如果我可以用她作为一个例子的话，是一个有着双学位的药剂师，但她把一切都奉献给了那些穷苦的受着苦难的人。上帝啊，谁知道她现在在哪里，又在照顾着谁呢。她总是在奔跑，正因为如此，她回家的时候总是筋疲力尽，沉陷了似的，脸色苍白，坐在沙发里。"

"你是对的。"基蒂说，好像她听懂了他的话。

"这不是对错的问题，亲爱的，而是要明白当下的形势。"他脱口说出这句话的时候，想起那是安娜过去常常说的。他的自我表达能力很难和安娜抗衡，只有弗朗兹这个永恒的竞争对手能够和她打平。其他人似乎只会结巴，或者堆砌词句，说的话要么过于啰嗦要么词不达意。只有安娜知道如何清楚地表达意见。

"谢谢你跟我聊天。我得走了。"基蒂用孩子般的声音说。

"谢谢你。"

"你为什么要谢我？"

"因为和你聊天，我的爸爸妈妈、我的家还有我学校里的朋友都在我面前出现了。之前在壁橱过的那几个月,把他们从我身边夺走了。"

"我很高兴。"基蒂说着往回走了。

"那是一个我意料之外的礼物。"胡戈想这么说,可那话只是到了嘴边,就噎住了。

胡戈想把那些与基蒂聊天后内心涌起的想法清楚地写在本子上,但他发觉自己掌握的词汇完不成这个任务。

胡戈每次想写的时候——他并不经常写——觉得那些在壁橱里的日子消磨了他日常会用的词汇,更不要提那些他从书上看来的词汇了。战争结束后,他要把笔记本给安娜看。她读完,会垂下一会儿双眼,好像在放低标准,说:"在我看来,这需要考虑得更多一些,还需要精简和润色。"她会把一页作文讲解得就像在做一道数学题似的,剔除所有累赘的步骤。最后她会说:"这还不够,这儿还有些不必要的词,这写得还不够真实。"有时,胡戈会盯着她看,觉得自愧不如。

当胡戈的德文老师读到一篇写得不好的作文时,他常常说:"这就是你所有的想法吗?你已经成功了:全篇没有一个合适的词。怎么能写出这样的一篇作文来。以后再也不要交这样的作文上来。你最好在一开始就停止写作,或者在本页的最后一行写上,我还没有达到一个会思考的动物的水平。"

第四十五章

冬天仍在继续,田野里、房屋上盖着厚厚的一层雪。大雾又卷土重来,但不用担心,胡戈和玛丽安娜睡在一起。他每晚都包裹在温暖柔软之中。他们像其他人一样,睡到很晚。有时候,她在睡梦中把他拉近身。他便知道要做什么了。

"食物只够吃四天了,"维多利亚提醒女人们,"之后,你们得另想办法了。"众所周知,现在的每一分钟都是珍贵的。她们喝酒、打牌、追忆并忏悔。胡戈看到一个女人跪在十字架前,画着十字架祷告。吃饭的时候,玛丽安娜带胡戈从壁橱里出来,他就与大家坐在一起。这是一群快乐的、充满生机的人。他们在隆冬时节,得到了一个意外的假期。他们彼此陪伴着做他们喜欢的事。

"现在胡戈可以说话了。"一个女人的话让欢乐的洪流戛然而止。

"你想从他那儿得到什么?他还是个孩子。"

"他和我待在一起有一年半了,听听他脑子里想些什么会是件有趣的事。"

玛丽安娜打断她。"你不能有这样的想法,"她说,"你总是这样。"

"十二岁的人早就知道什么是罪孽了。"

胡戈听着她们的对话,他喜欢话里的幽默、鲁莽以及一些深刻的内涵。他发现她们的想法和言语之间并没有太大的不同。女人们用不同的语气谈论着让她们快乐或痛苦的每一件事。

维多利亚关于食物逐渐减少的一再威胁,已经不再使她们害怕。"你没有用地狱吓我们,真是件好事。"一个女人说。

"我是在吓你们,可是你们充耳不闻,我的威胁又有什么用?"

"别担心。总有一天我们会后悔的。"

"我想我活不到那天了。"

"妈妈,你可不能没了希望。"

"看看是谁在说话。"维多利亚回答,她的脑袋奇怪地动了一下。

"上帝"这个词在这儿还是很常见。女人们常常为此争吵。胡戈觉得,要是一个牧师,或者一个僧侣走进房间,女人们会默默地原地跪下请求宽恕。"每个地方都有上帝,"他听到其中一个女人在详细解释道,"他无处不在。甚至在这儿,这个垃圾堆里,都能找到他。是我们让自己远离了他,而不是他远离了我们。"

"你错了。我时时刻刻都想着他。"另一个人说。

"如果你总是想着他,你就不会在这儿了。"

"我在这儿是因为我别无选择。"

"那是借口。你可以对我们用那个借口，但上帝不会听信你的。上帝完全能辨别哪个是事实哪个是谎言。"

听到那些话，女人们都陷入了沉默，但沉默并不长久。突然，他们中的一个嚎啕大哭起来。听到她的哭声，几个女人围拢过来，说："别听她的，你是知道她的，除了她自己，她总挑每个人的错。"

突然，夫人出现了。从守卫离岗以来，她对自己的言语总是很谨慎，并不威吓任何人。她现在是个端庄的女人，她的年纪可以当这儿任何一个女孩的妈妈。她说乌克兰语，可她的话里时不时冒出德语来。她的出现吓到了胡戈。"女孩们过得好吗？"她向一个坐着的女人说。

"我们失业了，我们的未来飘忽不定。或许你能给我们出主意，告诉我们要做什么。你是我们的妈妈。"一个非常年轻的女人说，她喝了很多酒，但没醉。

"建议？我？你比我更清楚生活是个什么东西。"

"我们没有时间思考。每晚三个男人会把你变蠢。"

"别夸张。有很多晚上你是一个人睡的，甚至有人伺候你在床上吃早饭。"

"我不记得这些了。"

"我有个清单，上面记着你晚上不接客的日子。"

"有意思，我自己的身体都不记得了。"

夫人坚持自己的说法。"工作就是工作，"她说，"如果你选择了它，不要把它当作惩罚、噩运或者鬼知道的什么东西。每份工作都有它的缺点和少得可怜的一丁点儿快乐。"说到男人，她讲："有些男人就是禽兽,他们该滚回老家去,但多数人对女人是温柔的。"

"你最后一次和男人睡是什么时候?"一个女人粗鲁地问。

"在你出生前,我就了解男人了。"她以牙还牙。

"或许他们曾经是温柔的,但如今不是了。"

"人不会变的,会一如既往。"

夫人力争任何一个软弱或者桀骜不驯的女孩都不是她的对手。"即便是干我们这个行当的,"她说,"你也能保持好的教养,得到尊重,但你需要毅力。"

胡戈回到壁橱。我要写下发生在我身上的每一件事,他对自己说,这样我将永远牢记我的所见所闻。妈妈读了会被吓退,她会说,老天爷。爸爸会好好看完这些,奇奇怪怪、莫名其妙的事情总能吸引他。他会说,我们的胡戈,我们必须承认,已经不再是我们以前的那个胡戈了。他提早成熟了。这是该打他的理由吗?

第四十六章

危机笼罩着一切,人们在每顿饭上都能感知到这种威胁。食物只够吃两天了,之后,每个人都得靠自己。妓院要关门了,事实上它关了更好。俄国人是残酷无情的,无论谁曾经与德国人勾结过,都将在城市广场上被绞死。维多利亚颤抖着反复强调的威吓,对女人们完全没有影响,她们沉浸在已经获得的自由之中。"感谢上帝,"她们说,"他自始至终照顾着我们,他还将继续照顾我们。"

"那是因为他的保佑吗?"

"你不能这样不知感恩。我们没有挨饿,也没有受冻。"

"的确,我们只不过被蹂躏了。"

每个词、每句话都有人回应。她们的看法不同,但没有激烈痛苦的争吵。胡戈坐着观察她们:每张脸都有独特的表情。女人们不再抑郁悲伤,她们享用着上天授予她们的短暂的休息。她们经常用第三人称说话,通过这种方式,她们与她们的生活保持了少许的距离。

"我恨自己。"他经常听到这句话。

"去修道院吧,这样你自己会轻松些。"

"那和我以前的想法差不多,不算坏。"

"我很难把你想象成一个禁欲者。"

胡戈独自在壁橱时,她们的脸全都转向他,他逐个看着她们。有时,他觉得他已经认识她们好多年了,只不过现在她们才揭开了脸上的面纱。

突然,胡戈为母亲无法理解他,他不得不把这些经历隐瞒而觉得难过。与之不同的是他的舅舅西蒙德,他醉醺醺而快乐地对全家人说:"别担心胡戈,他正在上一堂了不起的课。你们学过代数、三角,现在不都忘记了嘛。而他在还年轻的时候看到了生活的本质,这是件好事。否认或遮掩这一切对任何人都没好处。是时候我们该停止自欺欺人了。"

第二天胡戈走到大厅,他看到了什么?女人们都跪着,面对她们的是椅子上的耶稣像。维多利亚在一个跪着的女人旁边,她读一段,她们就跟着重复一遍。"善良的耶稣,请原谅我们所有的罪过。由于我们的罪孽我们的玷污,我们没有看到您。您充满了悲悯和怜爱,不要忘了您的姑娘们,不要让她们陷入罪恶的泥潭。请您用您的慈悲拯救她们。"

停了一会儿,维多利亚大声喊:"起来,姑娘们,站起来。从现在起,你们已经加入了我主耶和华。远离罪恶,多做好事,一刻也不要忘记我们本是尘土。我们只是靠着心灵的美德而生存,那是上帝的一部分。从现在起，我们不再有肉体的交易，我们只在天堂的国度里。"

维多利亚的脸色苍白，但她的双眼熠熠生辉。显然这些话不是出自她本人，而是她体内的另一个人在这么说。女人们知道现在无需评论或反对，只要接受她话里简单直白的意思就好。

没有参加这场仪式的玛丽安娜惊呆了。大厅里发生的一切不像一场祷告。那是一场灵魂激烈的运动。每晚，她们都会喝酒，唱民歌或者教会的歌。维多利亚告诫她们，酗酒也是罪，她们必须抵制这种诱惑，但她的努力只是徒然。

这会儿，一个女人在殴打基蒂，基蒂被打得昏了过去，可那女人打得更凶了，她尖叫："你就不该在这儿，你不属于这儿，你就像扎在我们肉里的一根刺。"直至鲜血从脸上流淌下来，基蒂也没有张嘴。

过了一会儿，女人们才明白刚刚发生的恐惧的一幕。等她们回过神来，那可怜的女孩已经躺在地上，失去了意识。她们花了很久的时间才让她苏醒过来。最后，基蒂终于睁开了眼睛，问："发生了什么？"那帮吓坏了的女人正跪在她周围，齐声回答："没发生什么，感谢上帝，什么也没有。"所有人都松了一口气。

第四十七章

守卫的儿子偷偷溜了回来,带来一些最新的消息。"德军正在撤退,陷入了一片混乱,俄军在后方包围了他们。"以前他来妓院的时候,他的父亲会把他送到其中一间房间去。所有的女人都怕他,她们一见他就尖叫起来。他一副凶相,实际上就是这样残暴。他父亲有次把他送到玛丽安娜房间,玛丽安娜害怕地大叫:"上帝,救我。"他想制服她,但她歇斯底里地挣扎。最终他狠狠地抽了她一巴掌,说:"你甚至不知道怎么当一个婊子。"

她们最近一次看到他时,他变瘦了。他的暴力行为没有消失,但不像以前那样了。

"你们必须得走,越快越好。"他说。

"去哪儿?"一个女人问。

"随便哪儿,不是这儿就行。"

他与他父亲曾经和德国人勾结出卖犹太人和共产党。现在,他总觉得那绞死他的套索正不断地靠近,他要寻找证人为他作证。

"我们没有资格作证人。"其中一个女人说。

"为什么没有?"他问。

"没人会相信做我们这行的人。他们说,她不是躺着就是在胡说八道。"

"你不会为我作证吗?"

"我会,但是调查的人不会相信我的证言。"

了解了自己的处境,傍晚,他走了。

胡戈听到一个女人的声音。"这些年以来,他一直在出卖共产党和犹太人。现在他的报应来了。"

门外暴风雨肆虐,大雪覆盖了房屋和围墙。每次,玛丽安娜遇到困难时,她就抓着酒瓶不能自制。那晚她喝醉了。"现在让上帝去担心吧,不是我。我无法让这场暴雪停下来。"

胡戈不担心,与玛丽安娜共处的夜晚是温暖愉快的,仿佛这一切会永无止境。半夜,她燃起了激情,抱住胡戈,吻着他,说:"现在你是我的。没人能把你从我身边抢走。"胡戈被她充满柔情的力量征服,她和他融为了一体。

在他的生命中,不止一次,胡戈努力地回忆那酒醉的一夜。他想起那混合着香水和白兰地味道的浓重的黑暗,那与唯恐坠入深渊的惶恐交织在一起的快乐。但他们两人一句话也不说,似乎语言在那一刻已经不复存在。

维多利亚拘谨而克制地为大家端来最后一顿饭菜。分别对她而言显然是很艰难的。她好不容易恢复过来，说："姑娘们，你们不准害怕，恐惧是让人看不起的表现，我们都必须战胜它。上帝就在天堂，他会一直保佑我们的。"

我们会去哪？她们的眼神一遍遍地闪烁出这样的疑问。

"无处可去，"维多利亚说，"暴风雨正下得厉害，我们只能靠自己，我们要祈祷。祈祷是我们的秘密武器。"

"我们吃什么，妈妈？"

"我有一些玉米面粉，明天我给每个人一些玉米面包。"维多利亚现在的声音响亮丰满，不再犹豫。姑娘们仔细听她说话，不再怕她。她不能再像过去的这些年那样给她们做饭了，但她得到了许多信任。

玛丽安娜的酒瓶里还剩四分之一的酒。她很节约，一次只抿几小口，说："白兰地喝完了我该怎么办？我会疯了的。胡戈，我亲爱的，管好酒瓶，如果我要喝，就告诉我，我必须留着它以备不时之需。我不会对你发火的。"

夜里是无尽的欢愉。胡戈从她嘴里喝掉了最后一口白兰地，缠绕在她的大腿之间，只听到充满爱意的喏喏低语。"你真是棒极了，几个月来我一直渴望着你，现在你永远是我的了。"胡戈听着，照着她说的做。突如其来的恐惧时而让他颤抖，但他立即克服了它。**玛丽安娜爱我**，他对自己说，**没什么好害怕的**。

每个人都睡到很晚才起来。下午，维多利亚拿出耶稣像，把它放在椅子上，姑娘们跪下身来祈祷。

"祈祷能够揭露阴谋,改变命运。"维多利亚教导她们。

"没有你,我们该怎么办,妈妈?"

"是上帝让我来到你们身边,上帝照顾着他的人们,这个世界没有巧合。"

没有你我们该怎么办?她们的眼睛里发出这样的疑问。

"我按照上帝的指示,把该给你们的都给你们。现在耶稣的形象已经铭刻在你们心里,而且你们知道你们的身体里也有他的存在。上帝在天堂,他与我们同在,你们不准害怕,不准绝望。"

"我们犯下的罪会怎么样?"

"只要承认,并保证不再作恶,那他就是无罪的。"

这时,夫人为了活命逃走了。女人们闯进她的公寓,每一处角落里都满是穷奢极欲的样子。他们惊呆了片刻,便开始抢劫。他们没有找到珠宝和钱,但找到满满一橱的酒水和巧克力。"如果没有面包,我们可以喝酒,吃巧克力。"有人说,大家都为此欢呼。一场抢劫大功告成后,又恢复了以往快乐的气息。玛丽安娜抢来了五瓶白兰地、两瓶白酒、许多巧克力和一包香烟,这让她很满意。

夜里,大伙兴致高昂,又去抢了点东西。她们翻遍了每一个隐蔽的角落,也没有找到珠宝或者金币,但找到了一包丝袜和一些香水。

"大敌当前,不要太高兴。"维多利亚警告他们。"你们不要高兴得被冲昏了头脑。"

"夫人夜夜不停地压榨我们。"

"上帝不喜欢人幸灾乐祸。"

几周过去,维多利亚完全变了个人。她的脸变得瘦长,脸色总如死人一样苍白。她不再像一个正常人那样说话。她嘴里结巴地说出《圣经》的诗篇,既有清楚直白的,也有晦涩难懂的。一旦有什么事情让她不安,她眼中就燃起愤怒的火光。

第四十八章

昨天，暴风雨似乎要偃旗息鼓，结果却只是暂时停顿了一会儿。几小时以来，风越刮越厉害。早上，院落里、田野里到处都是被风刮在一起的雪堆。外面看不到一个活物。妓院里，一切都是醉醺醺的，她们大口嚼着巧克力和饼干，唱歌，发表各种宣言。"我们曾经为德国人做的，现在也要为俄国人做。难怪我们的职业是最古老的一种。自古以来，男人都需要女人。人人都明白，我们的工作不能对客人挑三拣四。谁要来，就来吧。今天是德国人，明天就是俄国人。"

"俄国人会嫉妒的。"

"我们会像服侍德国人一样服侍他们，甚至对他们更好，因为乌克兰人和俄国人是同胞兄弟。"那是玛莎的声音。她的话里带有种家庭主妇的感觉。由于她命令式的讲话方式和她更长一些的年纪，她们称她"我们的玛莎"。

胡戈能够区分出大多数人，但不是靠名字。他给每个人都取了绰号,除了基蒂。自从她被打以来,她的脸就变成发黄的蓝色,眼睛也深深凹到眼窝里。她不抱怨,但她脸上的淤青仿佛总是在问,我究竟哪里不好,惹恼了那个强壮的女人?我不大,也不强壮,这是事实。她们是因为这个才一定要打我吗?清洁工西尔维娅,同情那些弱小不幸的人,她为基蒂做了苹果酱,说:"这会给你力量,让你健康起来。"

新的意外时时刻刻都会出现。晚上,一个女人对玛丽安娜说:"你有个这么可爱的男孩,为什么总是藏在自己身边?我们也想摸摸他。"

"你应当为自己感到羞耻。他还是个孩子。"玛莎像个妈妈一样责怪她。

"我没有别的意思,只是想摸摸他。来,男孩,到我这里来。"

胡戈僵在原地不动,一言不发。

玛丽安娜克制着怒气回答:"别管他,让他自己待着。"

"你太自私了。"女人恶狠狠地说。

"自私?"玛丽安娜的脸紧绷起来。

"把他只留在自己身边,不是自私,又是什么?"

"我冒着风险保护他,那就是你说的自私?"

"别假装无辜,我们彼此太了解了。"

"你搞错了。"

"我没搞错。"

玛莎打断了她们。"为啥吵?"她说,"他属于我们所有人。"

"我不同意,"玛丽安娜说,"胡戈的妈妈是我童年的好朋友,我跟她保证过，我会一直保护他直到我只剩最后一口气。"

"每个女人都需要一个孩子。每个女人渴望有个自己的孩子。为什么不让我们给他一些爱抚或者吻他一下呢？那本是很自然的。"玛莎又用慈母般的声音说。

"我很了解她。"玛丽安娜说着，没有看那个要求摸摸胡戈的女人。

"没必要吵。等一会暴风雪就过去了，每个人都得自己上路。谁知道我们什么时候才能再见。为什么不好好维持大家的友情呢？生命短暂，谁知道等着我们的是什么？"玛莎的话听起来就像一个为全家人操心着的女人。

玛莎并不知道自己的预言会成真。突然，暴风雪停止了呼啸，大家都站在窗前张望。她们不敢相信自己的眼睛。寂静的雪覆盖了房屋和田野。外面没有一个人，也没有一个动物，只有白茫茫一片高过一片的雪和透过窗户能够感受到的沉寂。

"这段日子告终了。"一个女人说着，对这句话终于来到她嘴里感到高兴。

"你说的是哪段日子？"问题马上来了。

"我在这里的十年：房间，大厅，夫人，守卫，客人，假期，一切好的坏的。马上俄国人就来了，这里所有的一切都会毁灭。你现在明白了吗？"

"对我来说，并没有什么不同。俄国人的到来又会如何改变这里？"

"不一样。俄国人会来鞭打我们。守卫已经说得很清楚了，'每一个和德国人睡过的人都会被判死刑。'他们会在城市广场绞死我们，整个城里的人都会来看我们被执行死刑。"

"你在胡说。"

"我没有夸张。我是在复述他们的话，在述说我内心的想法：俄国人早就准备好了绞刑台，他们完全没有同情心。"

维多利亚像个碉堡一样站着。"你们不准害怕，"她再一次说，"恐惧会贬低我们。上帝是我们之父，他爱我们，会怜悯我们。从现在起，每个人必须告诉自己：我曾经造孽，是有罪之身。现在，我把自己交到上帝的手里，愿上帝指引我们。我愿意做上天叫我做的任何事。人都是有罪的，只有上帝是纯洁的。"

维多利亚虔诚地说着，可女人们并不听她的话。她们站在窗前，惊讶着，颤抖着。直到夜色慢慢降临，到了晚上，她们都没有离开窗口。

值得赞扬的是维多利亚并没有让她们继续沉溺于恐惧之中。"那些当权的人做什么无关紧要，"她接着说，"重要的是上帝做什么。人的恐惧是一种罪，克服恐惧，挺直身体，走向上帝。我主耶稣在他们把他钉到十字架上的时候都不曾害怕过，因为他和上帝是一体的。无论是谁，只要坚持他的美德，就可以到达天堂。记住我告诉你们的这些。"

她们都吃惊地看着她。没人多嘴，也没人问话。

突然一个喝醉的女人伸出头来对胡戈说："亲爱的，到我这儿来，我想抱抱你。"

"让他自己待着。"玛丽安娜不屑一顾地说。

她们很快就各自散了，回到了自己的房间。

第四十九章

次日清晨,恐慌发生了,所有的女人都逃走了。玛丽安娜和胡戈睡死了,等他们醒来,发现房子里除了维多利亚和西尔维娅,再没有其他人了。他们两人也穿好了外套准备出发。

"你怎么了?"维多利亚问。

"我睡着了,什么都没听到。"玛丽安娜说。

"房子里一个人也没有了。姑娘们丢下了他们的大部分东西。她们也不想带任何东西走。这真是太糟糕了。"

"俄国人来了吗?"玛丽安娜问。

"他们这会儿正在整个城里呢。"

"好可怕。"

"没什么好怕的。"维多利亚没有忘记她的原则,哪怕是在这么早的时候。

"我要带个箱子。没有白兰地和香烟,我没法活。然后,我也要走了。"玛丽安娜说,似乎这次离开只是一次小小的过渡。

玛丽安娜把一些衣服装进小箱子,还有几双鞋子、几瓶白兰地和一些香烟。胡戈的背包已经准备好了。"别的东西我都不需要了。我要的就是这些。"玛丽安娜像平时一样说。

这个房子顿时成了一个没有灵魂的巨大的躯壳。维多利亚急匆匆地跟着西尔维娅。"这个房子里都是鬼,"她说,"来,快点离开这儿。"

天空高高的、蓝蓝的,太阳明亮而耀眼。在壁橱里的时候,胡戈把他重获自由的过程想象成一场片刻都不能停留的出逃。这会儿,他却拖着沉重的脚步跟在玛丽安娜身后蹒跚前行。"真糟糕我们没能吃早点。"玛丽安娜说着,急转进一片小树林。

小树林里的树又小又矮,光秃秃的树更轻易地暴露了他们。玛丽安娜在露天觉得不舒服。她改变了方向,然后坐在一棵树下说:"我们得找一个藏身之处,这儿都是完全开放的,容易被攻击。"胡戈知道她就要从箱子里拿出酒来喝上一大口,那样她的心情也会好些。

"你冷吗?"她颤抖着问道。

"不冷。"

胡戈喜欢她的头微微抬起,喜欢她随后问他的那些问题。她的身体散发着温暖以及香水的味道。他握住她的手吻着。玛丽安娜笑着,从箱子里拿出一瓶酒,边喝边说:"天空很美,对吧?"

这是他第一次在白天看到她,他震惊于她的美丽。

"我们必须得找间房子。我们不能没房子。我不要去修道院。修道院里她们整天埋头苦干,整天祈祷。我爱上帝,可我不喜欢总是祈祷。"胡戈留心地听着她的喃喃自语。她总是在嘀咕中表达内心的真实想法，通常这些想法是毫无现实基础的幻想。现在，他能听得懂，她讲得很慢，时而悲伤，时而快乐，最后，她总结道："我已经受够了，现在我要住到乡下去，只有我和胡戈。你懂我，是吗？"

"我想是的。"胡戈小心地回答。

"别犹豫，亲爱的。"

胡戈没想到她会这么回应，笑了起来。

"你应当知道犹犹豫豫是我们毁灭的原因。"

他们在城外，在遍布大雪的田野中心。从这儿胡戈能看到白色的教堂、水塔和一些他认不出的建筑。在壁橱里度过的几个月让他与他挚爱的城市产生了距离。现在，他看到了城市的边缘，他记得他与爸爸沿着河流散步时走过的长长的路，还有公园里的小路以及那些只有爸爸才知道的秘密的地方。

玛丽安娜猜到他在想些什么，说："我们会在一起。"她抱住他，用她的嘴贴住他的嘴。他触碰了她的舌头，尝到了白兰地的味道。

他们本可以在那儿再坐上一会儿，欣赏美好的风光，享受温暖着他们的亲密感。但不知什么声音远远地传来——也许是一辆陷进去的拖拉机，或者坦克挣扎着在挪动。突如其来的声音破坏了他们的亲密。

"我们得继续上路了，"玛丽安娜说着，站起身来，"我们不能太懒惰。"

他们向前行进，不说一句话。突然，胡戈眼前浮现了那个壁橱——稻草床垫、羊皮，还有玛丽安娜的一堆衣服。整整一年半以来，那是个像家一样的让他可以幻想的地方。他曾经花好几小时痛苦地等着她回来，当她终于在走廊里出现的时候，他的绝望就如同清晨的雾一般消散了。

"奇怪。"他脱口而出。

"什么奇怪，亲爱的？"

"明亮的光线和天空。"他说。

"这说明上帝在照看着我们。"

玛丽安娜喝了酒，时而会说些毫无意义的没有逻辑的话，但那些话通常带着欣喜与好奇。有时，她说出一句话，一句比喻，让胡戈吃惊于那份才华。有一次，她喝了半瓶酒，意识朦胧，说："你应该知道，亲爱的，上帝与你同在，甚至他就在你的肚脐眼里。"

他们拖着沉重的步伐走着，突然一个农夫出现在他们面前。玛丽安娜被吓到了，但很快就恢复过来问："俄国人来了吗？"

"他们正在城郊。"

"那他们会到这儿来吗？"

"今天肯定就到了。"农夫压着嗓子说。

"时间不多了。"玛丽安娜说着，无形中显露了她的恐惧。

农夫的目光盯着她。"你是玛丽安娜吗？"他问。

"你搞错了。"她立即回答。

"我肯定你就是玛丽安娜。"

"人们有时候会搞错。"

"这是你的儿子？"

"我儿子？你没看到他是我儿子吗？"

"我确实是搞错了。"他说着,转身走了。

"这里到处都是鬼魂。"农夫走后,她喃喃自语。胡戈现在明白妓院里那群彻夜供德国人取乐、和他们做爱、一起参加派对的女人的生命都遇到了危险。他在想象中生发了一种幻觉,玛丽安娜并不属于他们,她只是制造了属于他们的假象。暗地里,她一直就是他的,现在,她真正地属于了他。

第五十章

他们在一个干草棚里找到了避难之处。那是个废弃的棚子,好在还是有屋顶的。玛丽安娜把头巾摊开在地上,拿出一小瓶酒、几块巧克力曲奇。胡戈尝了尝酒的味道,很喜欢。

日头当空,阳光照射在雪地上,折射出强烈刺眼的光。他们以前去喀尔巴阡山脉滑雪的时候,胡戈的妈妈总是关照他们戴上太阳眼镜。他现在又听到了她满是担心的警告声。

吃完这顿奇怪的午餐,玛丽安娜点了支烟,说:"真奇怪,人人都为战争终于结束了感到高兴,只有我觉得害怕。"

"你在怕什么?"

"俄国人。他们是狂热分子。他们会杀了所有与德国人有过接触的人。多奇怪——生命对我而言不那么重要,可我还是很害怕。"

"我们会悄悄逃走。"胡戈说,试着把她从悲痛中拉出来。

"我没有抱怨。我现在感觉很好。能一个人睡上一夜或者和你一起睡,对我来说,一切都值得了。从我年轻时起,我就被强迫着像个奴隶一样工作,整夜整夜。"

"我会照顾你的。"胡戈看着她的眼睛说。

"你必须得更结实些,再长大些。和我在一起之后,你已经长大了,但还不够。我得确认你有足够吃的。春天眼看就要来了,等到了春天,我们可以沿着河散步,抓鱼,烤着吃。"

胡戈想让她高兴,不过他不知道用什么措辞,就说:"太谢谢你了。"

玛丽安娜温柔地看着他说:"朋友之间不需要说谢谢,朋友是互相帮助的,并不需要说任何话。"

"我错了。"胡戈说。

"我们前方的日子会很美好。"玛丽安娜郑重地说,抿了一口酒。

后来,他们远离了屋子待在路上。玛丽安娜心情很好,她唱唱歌,讲讲笑话,模仿夫人讲德语。最后她说:"离开妓院我一点都不难过。春天很快就来了,树木又会长满新叶,它们会成为我们的屋顶。玛丽安娜爱大自然。大自然对女人很好,它不会胁迫,也不暴力。女人可以坐在河岸上,把脚浸在水里,如果水暖一些,她还可以游泳。你同意吗?"

"当然。"

"你爱玛丽安娜,你从来不命令她,批评她。"

"你很漂亮。"

"这话玛丽安娜爱听。我爸爸,在我的记忆里,总是说:'红颜祸水。所有的麻烦都是她们带来的。'"她轻轻地发出乌鸦一般刺耳的笑声。

夕阳落到地平线上。雾在风的作用下弥漫开来。玛丽安娜从往事中回过神来说:"一会儿天就黑了,现在我们头上连个遮风挡雨的屋顶都没有。我们走得太远了,这会儿必须回去了。"她的话中没有痛苦。胡戈发现只要能够喝到酒,她的思路就很清楚,心里也不会密布阴云。

"地平线好美,"她用怀旧的语气接着说,"在我还是个小女孩的时候,我就爱看它,可许多年过去,我都忘了它是那么美丽。我保证要是走上一两个小时,我就会记起来。你怎么笑了?"

"我在和你想同一件事,我小时候。"

"我知道我们有些共同点。"她说着,两个人都大笑起来。

他们迈着小步,不紧不慢地前行。"我愿意花上所有的钱来买一杯咖啡、一些乳酪蛋糕,"玛丽安娜说,"我不饿,可一杯咖啡、一些乳酪蛋糕可以坚定我的信念。你呢,亲爱的?你一整天都没有吃东西。玛丽安娜很自私,她总顾着自己吃饱,有时就忘了那些她爱的人。那是我性格中的一个缺点。我不知道自己会不会改掉这个缺点。但是,你会原谅我,你总是原谅我。"

夜幕已经降临了,天更冷了。玛丽安娜让胡戈穿上她的厚毛衣,围上头巾。他从家里带的外套如今穿着都短了,而且扣不起来。"现在该暖和点了。"她说,对他的那身新行头很满意。

突然,一间小屋出现在他们眼前,看上去破旧不堪的小屋,周边没有围墙。

"我们问一下,说不定他们会让我们过夜。"她说着,敲了敲门。

一个老男人开门,玛丽安娜马上告诉他,他们从前线逃难过来,正在找个睡觉的地方——当然是会给报酬的。

"你是谁?"老头声音尖尖的。

"我叫玛利亚,我是个寡妇,也是个母亲。这是我的儿子,雅内克。"

"你会付我什么?"

"我给你两包德国烟。"

"进来吧。我正要睡觉呢。人可不知道夜晚会带给他什么。"

"我们会安静的,不会打扰到你。到早上我们就上路了。"

"俄国人已经来了吗?"

"他们已经突破前线,正往这边冲过来。"

"只有上帝才会知道到时候会发生什么。"

玛丽安娜递给他两包烟,老头用颤抖的双手接下。"整个冬天我都没抽过烟,"他说,"没有香烟,生活都没味道。我没钱买烟,过去我的儿子们常常给我带点烟草,我会自己做卷烟。过去这一年他们没回来过。他们忘了他们的老爹。"

"他们没有忘,是战争堵住了回家的路。"玛丽安娜为他们辩护。

"要是儿子想见爸爸,他总会想办法的。现在人人都巴不得爸爸死。一个老父亲就是个诅咒。他死了以后他们就来霸占财产,为一点钱锱铢必较。就是那回事。我在跟谁抱怨呢?我做了些土豆汤,你们要喝吗?"

215

"谢谢,爷爷。"

热腾腾的汤填饱了他们的肚子,玛丽安娜再次向他道谢。

"人们早就把我们应该互相帮助这事忘得一干二净。"老头嘀咕着。

后来,他们栽倒在床上,睡得像石头。玛丽安娜醒过来几次,她用力地亲吻胡戈的脖颈。他沉睡在她的胸脯之中,一夜无梦。

第五十一章

他们很晚才醒来,等着老头给他们一杯热茶或者热的草本酒。老人什么也没有给他们,他的眼睛里充满着怒火。"他是你儿子?"他问。

"确实。"她说。

"妈妈和儿子不是那样睡觉的。"他没有隐瞒自己的想法。

玛丽安娜被老人尖锐的评论震惊了,她一动也不动地僵在那里。

老人一句话也不说,甩上门,留下他们俩。

早晨明亮而安静。炮火低沉的轰炸声不时刺破这份宁静,而后又渐渐消逝。玛丽安娜喝了一点酒,骂老人:"老男人心里都藏着通奸的人。"胡戈不懂那个词,但他知道她说的不是好事情。

"几点了?"玛丽安娜像个突然忘了时间的人。

"正好九点半。"

"正是好时候。一杯咖啡或者别的什么热的会立刻让我的口渴烟消云散。我继母过去常说,'男人从不只靠面包活着'。或许我可以补充一下,他们宁可要咖啡。我白白浪费了生命。如果我嫁给一个犹太人,情况就不一样了。犹太人爱护妻子,会照顾她,纵容她。""犹太人"这个词,他们以前在家不常说起,现在,在开阔的田野里听来,像一个神秘的术语,隔绝了时空,如同一只被捕猎的小鸟盘旋在上空。

他们往前走,玛丽安娜继续骂着那个老人。"到处都是鬼魂。有时候他们附在老鸨身上,有时候又附在一个跟人私通的老头身上。这个世界就没有干净的地方。到处都是肮脏的阴谋。"停了一会儿,她又说:"不要听玛丽安娜的唠叨,她得说说,要是不说,她非得爆炸不可。"

胡戈知道现在很难让玛丽安娜好好倾听,也很难让她说完整的句子。但只要她喝了酒,各种话就会从她身体里涌出来。她说她的爸爸妈妈和姐姐,有时也说曾经背叛过她的朋友。

突然她问他:"你知道什么叫婊子吗?"

"不是很清楚。"

"不清楚更好。"玛丽安娜接着说她身上很脏,迫切地想要洗个澡。"不洗澡,女人就是一大块脏东西。"但她很快就换了语气,说:"我好想有个大浴缸,正好给我们用。"胡戈喜欢此刻的感觉。玛丽安娜渴望某一样东西的时候,会描绘出一幅画面:一个宽大的、满是香喷喷的泡沫、可以躺上几小时的浴缸,他们浮在温暖的水里,然后在里面打瞌睡。"在浴缸里打盹儿就像在人间天堂,你觉得呢?"

他们继续走着,不再说话。胡戈饿了,他的头眩晕着。玛丽安娜提议生个火，融化一点雪，然后往沸水里加点巧克力。这个主意让她两眼放光，她说："这个世界不只是黑暗。老鸹把她偷来的东西还了一些给我们。不然，我没有白兰地可怎么办？"

他们正要折些树枝生火，玛丽安娜看到了一间小房子。"杂货店！"她叫起来，"白漠中间有家杂货店。谁会相信呢？"玛丽安娜的眼睛所见并没有骗她。确实有家杂货店在那儿。一个老妇人站在柜台那里。

"早上好，老妈妈。"

"早上早就过去了，我的孩子。"女人纠正道。

"我还抓着它的围裙边不肯放呢，"玛丽安娜玩笑道，"我们来买一条面包，一些油，要是您能大发仁慈，加点洋葱，那就太谢谢您啦。"

"我没有面包。战争让我们陷入了贫困。"

"黑麦面包，或别的黑面包，任何一种面包都行，我们已经有两天没吃东西啦。"

"我没有面包，孩子。我可以卖给你土豆和一些奶酪。"

"给我吧，老妈妈，我会付你钱。"

"你付我的是什么钱？"

"是德国人的钱。"

"他们说德国人已经撤退了。谁要他们的钱？"

"这镯子您拿着，是银的，还镶着珠宝，您再给我些烟熏肉或者火腿肠吧。"

女人惊讶得目瞪口呆，但她马上被这闪闪发光的珠宝迷住了。

219

"这是银的还是锡的？"她努力隐藏对镯子的兴趣。

"纯银的，我保证。"

"谁知道它到底是什么做的呢。我去看看我有什么。"她弯下腰，然后从板条箱里拿出一些土豆。

"多给点吧，妈妈。"

"人总得照顾自己啊，话是这么说的吧？"

她从储藏室里拿出一片奶酪、一条小香肠、两只洋葱。"我帮你把这些都放在一个袋子里。"她的声音柔和了下来。

"上帝保佑你。"玛丽安娜说。

他们回到田野里。太阳升到了当空，天暖和起来。水汩汩地在冰雪之下流淌。他们看到水到处奔流。玛丽安娜脸上恢复了往日的神光，显然是她刚刚买到的那些东西让她快活起来。"过会儿，我们停下来点个篝火，然后做一顿大餐，不过不是在这空地上。玛丽安娜要找一棵枝繁叶茂的大树，玛丽安娜不喜欢坐在外面这么空旷的地方。"

一路上，他们看到很多树，但枝叶都不怎么茂盛。最后，他们找到了一棵让她感到满意的树。他们把东西放在树下，再出去找柴火。玛丽安娜在枝条上放了一些纸。没多久，火就点起来了。

"我爱篝火。这让我想起了我的童年。"她说着，火光照亮了她的脸庞。

第五十二章

他们坐着看着篝火。火焰是微弱的,呈现蓝色,并散发出好闻的木头燃烧的味道。很长一段时间里,他们只是盯着它看。在火焰中的土豆被烤得起了黑黑的一层硬皮。他们快乐地坐着,什么事也不做。

"谁知道会怎么样。不过现在我们有东西吃。只要有吃的能赶走饥饿,就没什么好担心的。要是天气仍然像现在这样,我们两三天内就能赶到山区,在那儿我们会轻松些。在山区里,他们不会追赶一个没有犯下任何罪行的人。"

闪闪发光的雪覆盖了整片大地,没有留下任何裸露的地方。玛丽安娜很是不安。"在山里,他们就不会追我们了,"她重复道,"在山区,他们不会挖苦一个人的过去,他们只看他的行为。任何工作我都准备做,我要靠自己的汗水来挣钱养活自己。他们会知道,玛丽安娜不是懒人。"她自言自语。突然间,又沉默了。

土豆和奶酪很美味。玛丽安娜在锅子里融化了一些雪，准备茶点。茶和巧克力威化让胡戈想起以前他们全家在冬春之际的旅行。他的妈妈爱那白色的雪花，它们躲在突然变得光秃秃的、黑色而潮湿的泥土里，偷偷地看着这个世界。

那些遥远的、几近忘却了的山峦的画面让胡戈眩晕，他闭上了双眼。现在，他清楚地看到他的妈妈跪着，好奇地看着那白色的雪花。他的爸爸，看到她的惊叹，也跪了下来。那一刻，他们在一起默默地惊叹。

这幅深埋于胡戈心中的画面突然涌出来，浮现在他的眼前，深深触动了他。泪水无声无息地向胡戈袭来，他泪如泉涌。

"你怎么了？"玛丽安娜说，"像你这样的大人是不该再哭的。"

"我想起了我的爸爸妈妈。"

"你不准哭。我们正长途跋涉，一路都很危险。谁来照顾玛丽安娜？被宠坏的家伙才哭，坚强勇敢的小伙子不能哭。我们要跋山涉水，还得想办法从地里找到吃的。坚强的男孩知道如何忍受这一切，绝不掉一滴眼泪。"她的话是坚决的。胡戈知道自己犯错了，他必须战胜自己的软弱。

"对不起。"他抹了抹眼睛说。

"哭泣叫人难以原谅。那些年我想哭的时候，我都克制着自己。一个人哭就表示他迷失了，需要同情。一个寻求别人同情的人是个不中用的倒霉蛋。你无论如何不能成为一个不中用的人。明白吗？"

"我知道。"胡戈说，毫无异议，他确实明白。

"从现在起，一滴眼泪也不能掉。"

"我保证。"

他们坐着喝了好一会儿茶。玛丽安娜的脸色并没有柔和下来。她陷入沉思,她的眼中有种令人生畏的严肃感。他内心知道,如果他现在请求她的原谅,她是绝不会原谅她的。他必须等待时机向她证明他是勇敢的,他的柔情和软弱完全没有将他征服。

"我一直在考虑你的问题,"玛丽安娜说,她的话让他回过神来,"你已经变得成熟了,但你还有很长一段路要走。犹太人太宠孩子了,这让他们无法正常地面对生活。乌克兰孩子从小就在田里干活,如果别人打他,他也不会哭。他知道生活可不像一盘草莓那样甜美。"

然后,她拿起酒瓶痛饮了几口,停止了对他的惩罚。胡戈捡来一些枝条,又重新点燃了篝火。"过来,宝贝,让我亲亲你。你和我在一起真好。一个人孤孤单单很难受,坏的念头会让你窒息。"

"我现在要再融化一些雪吗?"

"不需要了。我们喝够了。现在几点了?"

"三点。"

"过一小会,我们就得出发了。我们不能睡在外面。但愿上帝会派个好心人来。"她说着,把酒瓶放到了火焰中。奇怪的是,她的这个毫不相干的动作无比清晰地植入在了胡戈的记忆里。后来,有些时候,他会问自己:**从什么时候开始,我的眼泪冻结在了身体里?**

223

第五十三章

太阳沉到了地平线之下,像一块红彤彤的滚烫的铁块发着光。玛丽安娜对这美妙的景色赞不绝口。"这样的美景,表示上帝在天堂里。只有上帝才能创造出这样的色彩。我奶奶过去常说,'上帝创造美与善,人只会破坏上帝的创造'。"

他们朝着坐落在路边的房屋走去。玛丽安娜一直自言自语。"我对犹太人感到惊讶,大家都认为这是一个智慧的种族,可他们多数人并不信仰上帝。我曾经问过你妈妈多少次,'你不信仰上帝是怎么回事?毕竟你每天、每时每刻都目睹他的创造。'"

"那她怎么回答你?"胡戈壮胆问。

"值得称道的是,她从来不说我听不懂的东西。她很简单地说:'我在高中时就丢了信仰,从那时起,它就没有回来过。'我为你妈妈和你西蒙德舅舅难过,他们不信仰上帝。我喜欢和西蒙德一起笑,开怀大笑,没心没肺。我曾想要是我们结婚了,我可以让我自己和他都脱离醉态。可每次我们谈起婚礼，他就用他的右手做个不屑一顾的动作，好像在说，我早就已经试过了，那没有意义。

"起初，我以为他不想跟我这么一个愚蠢的女人结婚。后来，我才明白他也是一个失意的人。可我还是愿意嫁给他，为他做饭、洗衣服，但之后艰难痛苦的日子就来了，各种迫害，犹太人居住区，他跟我讲了一些我们永远不会忘记的事：'我再也得不到拯救了，救救你自己吧。犹太人已经被判了死罪，你还年轻。'我每次想起就痛苦得难以自抑。这是个多么了不起的男人，多么伟大的灵魂。"

玛丽安娜沉默了，她低着头走路，陷入自己的思绪中。胡戈不去打扰她。当玛丽安娜沉默无言的时候，她是在归纳自己的想法，而后再告诉他。她思索的时候，用另一种话语。有时候，她会告诉他一些。她曾说："别忘了，有一个高处的世界和一个低处的世界。我们现在困在低处的世界里。要是我们善良，上帝会拯救我们，带我们到上面去，和他在一起。我对我们在这儿必须要撒谎欺骗的事没有耐心了。我希望他现在就来挽救我。他知道我在这儿遭了多少罪。我保证等他来审判我的时候，他会考虑到这一点的。我不怕，无论他做什么，我都会怀着爱来接受。我觉得我离他很近，离圣子很近。"

突然，一个男人从房子里出来，大步朝着他们走来。玛丽安娜害怕地说："快躲起来。"

胡戈发现那些突然出现的人会吓到她。有些人，她远远地就认出来，然后她就躲开他们。真好奇她到底认识多少人。她曾说："我认识那个杂种，还有他的兄弟，还有他的侄子。但愿我不认识他们。每次想起他们，我的身体就要哭泣。上帝啊上帝，我对我那可怜的身体究竟做了些什么？我是个罪犯。"

他们出发前两天，胡戈听到玛丽安娜在妓院里对朋友说："逃跑没有用。他们很容易认出我们。如果爸爸认不出，儿子也会认出来。"每个人都大笑起来。然后，他听到一个女人说："妓女和犹太人总是被迫害。什么办法也没有。"

夜幕降临。玛丽安娜壮起胆敲一间小破屋的门。一个老妇人开门问："你是谁？"

"我叫玛利亚，这是我的儿子雅内克。我们家靠近前线，我们在找个可以捱过今晚的地方。"

"你们会给我什么报酬？"

"一瓶上好的饮料。我只有这个了。"

"进来吧。我可不想浪费屋里的热气。"

小屋子整洁干净。浆粉的味道填满了两间房间。"坐下吧。"老妇人说着，给他们端来热茶。玛丽安娜告诉她由于他们家离前线近，他们已经赶了好几天的路了。

"俄国人来了？"

"他们正在过来。"

"那些之前在这儿的人，让我的命好苦啊。那些要来的人，让我的命好苦啊。先来了一帮杀人狂，又来了一帮异教徒。上帝让我们经受这么艰难的磨炼。"

玛丽安娜从箱子里拿出一瓶酒递给老妇人，酒瓶很奢华。老妇人一把接过说："漂亮的瓶子。但愿里面装的酒配得上这个酒瓶。在我们这个时代，什么都是欺骗。"

床很大，很软，他们整夜睡在彼此的怀抱里。胡戈告诉玛丽安娜她嘴里的白兰地香甜可口。玛丽安娜愉快得不能自已，她着迷地狂热地抱着他说："吻我，只要你喜欢，吻哪里都行。你是我的骑士。你是我生命中遇到的最好的礼物。"

之后，他沉入她的身体里，进入深深的睡梦中。在梦中，人们要把玛丽安娜从他身边抓走，他用尽全力抓着她，把她拉回来。最后，他们俩都掉到了一个深坑里，终于得救了。

第五十四章

外面,太阳早就高高地挂在空中,这是一个暖和的太阳天。昨天还美得惊艳的闪耀着光芒的雪已经变成了浑浊的污水,不再清新。

"雪啊,这是怎么了?"玛丽安娜抬起头大喊。她抬着头的样子让胡戈想起了一只被主人抛弃的动物。"这会儿所有的道路都通了,俄国人行进想多快就能多快。之前,大雪和风暴都保护着我们。现在所有的掩护都崩塌了。坦克会加速朝我们开来,你得保护玛丽安娜。你会告诉他们玛丽安娜一直保护着你爱着你。我没说谎吧?"

"你说的是事实。"胡戈回答。

"说得再响一点。"

胡戈抬高嗓音喊道:"玛丽安娜说的都是真的。让所有人都知道玛丽安娜无人能及。她美丽、善良、忠诚。"

玛丽安娜精神一振,说起他们即将要过上的山里截然不同的生活。"山里人是安静的,他们在田里或者菜园里干活。我们也会在菜园子里干活,到中午我们坐在一棵枝叶茂盛的大树下,就着起司奶酪吃玉米粥,最后再喝上一杯香喷喷的咖啡,又温暖又开心。我们还会打个盹儿。等我们睡醒,就回到菜园子。种地有益于身心。我们干活直到太阳下山,到晚上再回到我们的屋子里,没有人来找我们的茬。"

他们正捡着木头生火。当噩运降临之时——一个农夫出现,他仿佛是从地底下钻出来的似的,玛丽安娜正泡着茶,准备在想象中翱翔。他生气地紧紧盯住她,说:"你在这儿干什么?"

"没干什么。"她被吓到了。

"从这儿滚开。"

"我做了什么坏事了吗?"

"你竟然还要问?"

在他几乎要冲过来揍她的时候,玛丽安娜站起来大声说:"我不怕死。上帝清楚真相,他会公正地审判我。上帝恨虚伪的、自以为是的人。"

"你在说上帝?"他朝她吐口水道。

"你会为此付出代价。上帝记着每一次不公正的事情。你在世上,在未来会得到报应的。上帝的账本总是打开着,随时记下每一件事。"

"婊子。"他厌恶地骂着走开了。

玛丽安娜坐下来,怒不可遏。胡戈知道他必须让她独自待着。玛丽安娜暴怒的时候,她会沉默地咬着嘴唇,然后长时间地咒骂,疯狂地大口喝酒，嘴里含糊不清地咕噜。胡戈喜欢听她嘀咕，这些嘟囔声像流水的声音。

突然，她仿佛一下子醒过来似的说："玛丽安娜太关心自己了，忘了她有个亲爱的小伙伴。我们得学会怎样看到事情好的一面。我奶奶过去常讲：'这个世界充满了上帝的慈悲，我们看不到它真是太糟糕了。'你还记得你奶奶吗？"她再一次使他惊讶。

"我爷爷奶奶住在喀尔巴阡山区，"胡戈回答，"他们有个小农场，暑假时我们就去他们那里。在喀尔巴阡山区的生活与城里的生活很不同。那边，仿佛时间流逝的速度也是不一样的。早上你出门散步，到晚上再回家，日复一日。"

"你的祖父母信教吗？"

"我爷爷每天早上祈祷，他把自己包在一条祈祷巾里，你都看不到他的脸。奶奶祈祷的时候，她会用双手捂住她的脸。"

"我很高兴你去看他们。"

"那边的每一样东西都非常美，非常安静，包着神秘的面纱。"

"有些事情，我们看到，却不能理解，但这迟早会变清楚的。我很高兴你看到了你爷爷奶奶祈祷。一个祈祷的人是接近上帝的。在我很小的时候，我知道怎么祈祷，后来，发生了许多事情，情况就不同了。"

他们留意着脚下，一步一步前行。在靠近大路的村落那里，他们听到隆隆的坦克声和农夫的欢呼声。他们离开了大路，在融化了的雪地里，一脚深一脚浅地艰难前进。胡戈的鞋子湿透了，他后悔自己把另外一双鞋子留在了壁橱里。

壁橱又一次浮现在他眼前，还有玛丽安娜的房间、年轻女人聚在一起的大厅。他在那里度过的这么多日子似乎属于内心一个隐藏起来的世界，一个某一天终会完全露出真实面貌的世界。现在，它还严实地上着层层的锁。

"你在想些什么呢？"

"壁橱，还有你的房间。"他没有隐瞒她。

"你最好忘了那里。对我而言，那是个牢笼。那边的人、墙壁只是让我的生活更加黑暗。感谢上帝让我从牢笼里逃了出来，把你给了我。"

他们艰难地在雪地里穿行，玛丽安娜的心情又变了。"你会忘了我的，"她说，"你会长大，会有新的兴趣。女人们会追求你。我在你的生命里会被当成一个奇怪又陌生的女人。你会很成功的，我确信你会成功。你的成功会是那么夺目，甚至想不到问自己，'那个玛丽安娜是谁，我在妓院的时候，在田野里的时候，是谁和我在一起？'"

"玛丽安娜，"他鼓起勇气打断她的的话，"我会永远与你在一起。"

"那不过是说说罢了。"

"我爱你。"他哽咽道。

"你接着说。"

"无论你去哪儿，我都会追随着你。消除你心头的疑虑吧。"

玛丽安娜轻声笑着说："这不是你的错，亲爱的。那是男人堕落的本性。人都是血肉之躯，每一天都被束缚着，为每一天的需求受着奴役。当他没了房子，没了食物，就活不下去，就会像我这么做。我本可以在有钱人家里做一个洗衣女工，或者做女仆，可我去了妓院。在妓院里，你就不再是你自己。你成了一块他们翻来滚去的肉，他们拧你，掐你，咬你。一夜下来，你身上青一块紫一块受了伤，然后昏睡过去。你明白我正努力告诉你的这些吗？"

"我正试着明白。"

"玛丽安娜不喜欢'试着'这个词。你要么明白，要么不明白。'试着'是个被宠溺得不知道如何作决定的人用的词。听着玛丽安娜跟你说的话，不要说'我正试着'——这就对了！"

第五十五章

这一天,天空一开始还明亮晴朗,突然间就乌云密布,一场暴雨倾盆而下,打在他们身上。在他们寻找避雨的大树的过程中,发现了一间空的仓库。玛丽安娜高兴极了,称赞道:"上帝保佑无辜的人。上帝知道我们没房子住,他就给我们提供了这样一个屋顶。"

玛丽安娜不常祈祷,可她常说上帝就在天堂,因为他在,就没什么可怕的。如果你遇到困难,审视一下自己的行为,心中怀着对他的爱接受这些不幸。

玛丽安娜的信仰并不是很坚定。时常,当她陷入危难之中时,绝望会将她压垮。胡戈曾看到她用头重重地撞墙,痛苦地哭喊:"我为什么要出生?我来到这个世界的目的是什么?只是供那些当兵的睡觉的肉垫吗?如果真是那样,我宁愿去死。"

这会儿,她的兴致很高。她唱着歌,讲着笑话,说犹太人是善良优雅却为精神上的困惑所损害的人。即便是像乌克兰人一样嗜酒的西蒙德,也不知道如何摆脱那些无关紧要的想法。"我现在不思考。他会对自己说,我把自己交给内心的狂想。我不止一次求他:'西蒙德,大声喊出来,上帝就在天堂。你不知道这会对你有多好。'听到我的请求,他会大笑起来,好像我说了什么蠢话。""他从来不认同上帝的存在。他总是说,'你怎么知道,如果你给我一点证据,我就开始相信。''灵魂,'我说,'难道你的灵魂没有告诉你上帝确实存在吗?'你知道他怎么回答?'即便灵魂的确存在,也需要证据。'所以我说,犹太人没有证据就活不下去。

"可你,我的甜心,你已经知道证据并没有必要。你只要将你的灵魂指引到正确的方向。信仰是桩简单的事。如果你信仰上帝,会发现许多美好。另外,不要说'矛盾'这个词。西蒙德过去常这么说。'你说的话有些矛盾。'我爱他说的每句话,但除了那个词。我常用尽办法把这个奇怪的词从他头脑里根除,但他总是坚持他的立场。我希望他至少在醉了的时候,能够发现并承认上帝的存在。但我的一切努力都是白费的。"

那些对往事的追忆并没有让他们伤心。玛丽安娜和胡戈做爱,他们好像是在一张宽大的双人床上,而不是在一间废弃的仓库里。胡戈再次发誓,不论在顺境还是逆境,他都会永远和她在一起。

"过段时间,你妈妈会来把你从我身边带走。"玛丽安娜说。

"战争还没有结束。"

"战争很快就结束了,他们会像以前对犹太人那样对玛丽安娜。"

"你胡说。"

"预言是真的,不是胡说,他们会告诉你将来如何。你要小心,听他们的话。不要害怕，亲爱的，玛丽安娜不怕死。死亡并不像它被描述的那么可怕。从这个世界，你可以去往更好的地方。真的，会有天堂，不过你要知道，这不仅仅取决于你的行为，还有你的本心。懂吗？"

之前还决绝猛烈的雨突然停了。太阳重新出现，宽阔平坦的田野一望无际。这棵在田野中间的孤零零的树，看起来像另一个世纪被人遗忘的路标。

后来，胡戈困得睡着了。他没有听到玛丽安娜说的最后一句话。他睡着做了许多梦，但他能记得的全部是妈妈的脸庞。妈妈在药店里，全身心地跟人解释那些递到她面前的药方。那时正是中午，在药店就要关门吃中饭前。那个时辰，药店常常挤满了人。他的爸爸在隔壁一个房间为一个顾客配药。那幅胡戈熟知每个细节的画面，让他很快乐。他期望妈妈能够发现他，这样他就可以给她一个惊喜，可她完全没有注意到他。胡戈在一边站了很久，纳闷这是为什么。最后，他决定：**如果他们不理睬我，那我就自己走了。**

太阳落山了，那个难以回避的问题又来了。"我们睡在哪里？"玛丽安娜敲了几家人家的门，但没有一家愿意让他们过夜。在客栈，她一下子就被认了出来。每个人都嘲弄她，咒骂她。玛丽安娜没有沉默，她骂他们是奸夫，道貌岸然地对弱者作威作福。"上帝会惩罚你们的，这个时刻已经不远了。上帝不会原谅奸夫和自以为是的人。他会让你们罪加一等。"

他们又一次置身于黑暗的深处。玛丽安娜喝饱了白兰地，大声喊:"我爱这夜色。夜色比人们和他们的房子更好。"胡戈急忙去捡些枝条。他们生了火,在锅子里烧了点水,又就着火烤了一些土豆。

他们吃掉了剩下的奶酪和一片香肠,玛丽安娜让她的想象自由驰骋:"我想我们会变得富有,贫穷不适合我们。我看见一间小房子,一个菜园,一个果园。我们会给奶牛挤奶,但不宰杀它。我们大部分时间都在大自然里,晚上我们回家,点起炉子。我喜欢点好的炉子,你可以看到里面的火焰。这些就够了,别的都不需要了。等会儿,我忘了最重要的东西——浴缸,我们家必须得有个浴缸。没有浴缸,生活也不像生活。你每天得在浴缸里躺上两三个小时。这就是我想象的生活。你觉得怎么样?"

这样,他们过掉了那一夜最初的时光。

第五十六章

　　过了半夜，在几乎冻僵的时候，他们找到了一家可以落脚的小客栈。玛丽安娜醉了，她连连感谢老板。老板不为她所动，并索要着报酬。玛丽安娜给了他一张钱，可他还想要更多。她再付了他一些钱，问他要了一条毯子。胡戈的脚冰凉，玛丽安娜的手在他脚上快速揉搓，帮他暖起来。最后，他们相拥睡去。

　　他们第二天一早醒来，就即刻出发了。**天虽然阴沉沉的，可也比发霉的壁龛要好**。玛丽安娜这样认为。他们幸运地找到了一棵大树，准备生火。

　　雪正在融化着，之前被大雪覆盖的黑土地露了出来。薄薄的炊烟从远处的烟囱里升起来。这是一个宁静纯洁的早晨。玛丽安娜看上去特别美。她的那双大眼睛睁得大大的，修长的脖子更增添了她的美丽。

　　喝完茶，玛丽安娜又大口喝了点酒，敞开了心扉。"我的生活从一开始就被毁了，"她说，"我不想责怪我的父母，我过去常怪他们，把所有发生在我身上的不幸都归结到他们头上。现在我知道，这是我自己不安分引起的。我年轻漂亮，每一个人都会爱上我。我不知道他们其实都是强盗，他们只想得到我的肉体。他们教我喝酒、抽烟。那时，我只有十三四岁，被他们给我的钱给吸引了。那时，我坚信生活将永远像那样过下去。我不知道他们正在毒害我。十四岁的时候，我已经离不开白兰地了。我的父母都躲着我，不让我进家门。'你已经迷失了。'他们告诉我，而我固执地认为他们很讨厌，他们应该对我宽厚点儿。之后，我在一个又一个妓院、一个又一个老鸨之间辗转。我为什么要跟你说这些？我告诉你这些是为了让你知道玛丽安娜的生活从一开始就被毁了。现在不可能再修正回来了。"

"为什么？"

"我身体的大部分都被强暴了。那帮狼强暴了我。我不期望有人可怜我。俄国人说，一个被德国人睡过的女人，就该绞死。我觉得上帝也不会帮我的，这些年来我都忽视了他。"

"可上帝非常慈悲宽容。"胡戈打断她。

"是的，可那是对值得宽容的人，对那些一直按照他的指示行事的人。"

"你热爱着上帝。"

"那太迟了。多年来我都背叛了他。"

那天的事情证明她说得太对了。无论他们去哪儿，人们都打他们。人们向他们扔石头，辱骂他们，放狗来咬他们。玛丽安娜一边用棍子自卫，一边大声骂他们。人们骂她是"德国人的走狗"，她骂他们是"伪君子""杂种"。他们打伤了她的脖子，这让她火冒三丈，气得说不出话来。

　　他们不得不离开。胡戈用手帕帮玛丽安娜包扎好脖子，他们出发了。"太糟糕了，我没有碘酒。以前我房间里有好多的，谁会料到我会受伤呢？"她跟自己嘀咕着。

　　那晚，他们走了好多路。玛丽安娜生自己的气，因为她不知道他们在哪儿。"毕竟，我出生在这儿，我小时候一直在这里游荡。我这是怎么了？"

　　"我们正朝着山区走。"胡戈试着安抚她。

　　"你怎么知道？"

　　"我的感觉。"她的问话使他这么回答。

　　"我们就像瞎子一样在摸索。每个角落都有诱惑或陷阱。谁晓得撒旦会在哪里拉住我们。他是个狡猾的骗子。"

第五十七章

晨曦穿过云层,照亮了黑暗。玛丽安娜和胡戈惊喜地发现他们正站在山脚下。边上是一些带着花园的小房子。"感谢上帝,我们到了。"玛丽安娜说,似乎他们刚刚到达了一个新的大陆。她立即投入了大地的怀抱。

胡戈连忙去砍柴生火。玛丽安娜大声说:"我要在这儿,再也不走了。我已经没有力气挪动自己了,一步也不行。"

"我们休息一下,不着急。"胡戈说话的样子像个大人。

一会儿,大大的太阳出来了,阳光照亮了山峦和平原。薄雾从潮湿的地表上升起来。不远处一条河流蜿蜒流淌。一切是宁静的,如同一场激战最终平淡收了场。

玛丽安娜把行李枕在头下睡着了。胡戈感到一种自由的感觉从心底生发出来,他可以走出来,走到外面去了。他之前拘禁在壁橱的生活，根植于黑暗里，似乎离他很远。

玛丽安娜一直睡到了中午，醒来时她看到胡戈坐在她身边守护着，深深地被感动了。她伸出手臂抱住他。"我在睡觉，而你照顾着我，我的好孩子。你昨晚也一点儿没睡。"

"你觉得好些了吗？"

"我觉得好很多。"

他们用剩下的土豆和香肠做了一顿饭。玛丽安娜兴奋极了，称这是"饕餮盛宴"。她的脸上已经看不出疲惫紧张的踪影，她聚精会神地看着胡戈，仿佛她刚刚才发现他。

"将来你想做什么？"她问得他一怔。

"要和你在一起。"他不假思索地回答。

"战争结束了，你妈妈很快就会来接你。"

"等着瞧吧。"他努力使自己的声音像大人一样冷静。

玛丽安娜的想象又开始无拘无束起来。"玛丽安娜是个美丽高挑的女人。她本可以成为一个歌手，在不同的城市开会巡演，用歌声感动人们；一个忠诚的家庭妇女，像犹太人那样抚养孩子，和他们一起过完一个长长的暑假，再晒得黝黑地回来。如果我是个被供养的女人，我的情人会带我去晒日光浴。可我只是个妓女。我不想隐瞒你任何事。当妓女是世上最下贱的事。再也没什么比这更卑贱了。"

胡戈已经知道玛丽安娜在不同的情绪之下会说出不同的话。他庆幸她的情绪来无影去无踪。这次也一样。

太阳仿佛使出了全力，春意正从每一片草叶中迸发出来。牛马被牵出来吃草。玛丽安娜说这是她能想象到的最可爱的地方，他们绝不能浪费这段宝贵的时光。"过去,我全部的生活就是被关在房间里的,"她又说,"夜里工作,白天睡觉。我忘了还有天空、植物、动物,以及这绿色的美景。那些白杨,看上去多高啊。现在它们光秃秃的,但不久它们就会长满银色的叶子,它们会变得更美。

"我正坐着思考每一样东西。沉思使灵魂宁静。'我们看到的,听到的所有一切都是上帝,'我奶奶过去老是说,'上帝无处不在,甚至存在于最低处的杂草之中。'那时我还是个孩子,我很听她的话。但我没多久就误入了歧途。"

之后,她闭上双眼说:"太阳这般温暖怡人,我要闭上眼睛了。要是告密的人来把我抓走,别跟着我,快逃走。你不需要为我的命运负责,你对我很好。"

胡戈想说,**你错了,那不是真的**。可玛丽安娜瞬间就睡熟了。

胡戈坐着看着火光和眼前的风景。回忆并没来干扰他。他眼前出现的是一派春天的景象。从这时起,他欣喜地想象着生活——沿着河流漫步,岸边是低矮的树木,观察不同颜色的花朵,看着鸟儿在他手心里啄食。

玛丽安娜醒来说:"你又没睡觉?"

"我不累。我在看风景。"

"到我这儿来,我要亲亲你。谁知道在这个世上,我还能和你一起多久呢。"

"永远。"他立即回答。

第五十八章

接下来的几天，天气晴朗。篝火昼夜不熄。胡戈相信只要他们前往树木繁茂、无人居住的地方，玛丽安娜的恐惧就会平息。

"来，我们走吧。"他反复说。

"去哪儿？谁知道外面聚集着什么。"

为了克制内心的绝望，胡戈一边朝着篝火扇风，一边向玛丽安娜保证奸细不会追到他们这儿来。这个地方人口不多，而且还远离主干道。

他们的干粮吃完了。胡戈决定去附近的人家要点吃的来填饱肚子。玛丽安娜让他带上两枚银戒指，她对他的自告奋勇很满意。他出发前，她用他从未听到过的声音说："抓紧回来，别耽搁了。"

幸运眷顾着他。他用一枚戒指换到了一些土豆、一片楔形奶酪和一些梨。玛丽安娜张开双臂奔向他，叫他"英雄"。胡戈明白让她心情好起来是很容易的。一个小小的胜利就会让她脸上恢复光彩。她承认忧郁沮丧是她的敌人，知道自己不能被这种情绪征服。她必须看到生活中明亮积极的一面而不陷入哀愁。

胡戈在水里撒开一件衣服。很快，他抓到了三条鱼。他们把鱼弄干净，在炭上烤熟。玛丽安娜高兴地对胡戈又抱又亲，告诉他，他已经陷入危险了——她恨不得把他吃掉。

晚上，她教给他两首好听的乌克兰民歌，每一首都唱了好几遍。他们缠绕在一起，靠着篝火睡着了。胡戈梦见了他的小提琴老师，那个矮小、急躁，常常要求学生放松、安静的男人。"放松和安静是拉好小提琴的前提。"他常说。"出于某些原因，"他曾告诉胡戈，"我父母希望我成为一个小提琴家。我性子急。急躁不适合这个乐器。只有镇静平和才能拉出小提琴应有的清纯的音色和节拍。"

第二天，他们出发了。"真可惜我们要离开这个美妙的地方了，"玛丽安娜说，"我已经习惯了这个小山谷、篝火，还有这些在风中摇曳着的高高的树。我们现在能坐着，为什么要走呢？"她虽然这么说，心里却知道他们别无选择。夜里很冷，地面潮湿，再旺的篝火也只能温暖身体的一小部分。他们必须有个容身的住所。

他们爬上一座小山，从山上，可以看到村庄、远处的一大片地方，还有一部分城市。这说明他们还没有走远。玛丽安娜为眼前的景色而激动。"看啊，亲爱的，"她大喊，"看上帝创造了什么。多美啊，多宁静啊。马和狗都懂怎样好好生活，只有人，所谓的万物的灵长，总是想法设法制造动乱。我奶奶老说，'血肉——今天还是安静沉寂的血肉，明天就变成了一个杀人犯。'你必须得勇敢。"

"我必须要怎么样?"

"别怕。恐惧会让我们堕落。一个堕落的人不值得活着。如果你要活下去,就要自由地活着。自由这件简单的事,我却不懂。我的一生都是堕落的。"

"我不怕。"

"我就要你这句话。就是死,也要比堕落地活着好。"

后来,不知为何,玛丽安娜突然大哭起来。胡戈跪下来为她擦去眼泪,可她没有停止哭泣。"玛丽安娜就要死了,她不会留下任何回忆。如果我还活着,我可以改过自新,可现在不行了。在地狱里他们会烤了我。他们会立刻烤了我。你,我亲爱的,照顾好自己。要是那些奸细来抓我,不要跟着我。他们会直接把我带到绞刑架上,或者别的什么那里。"

"你怎么知道?这儿没有人,也没有奸细。这儿的风光如此旖旎,如此平静。"

"我亲眼见到了他们。"

"你看到了什么?"

"我看到三个士兵把我铐起来带走了。"

"那是个噩梦。你不要相信这个。"

"那梦是真的。"她轻声说。

太阳落到了地平线,低处的天空变成了紫红色。玛丽安娜平静了下来。她喝了些白兰地,那些暗沉沉的幻觉慢慢消散了。

突然,她对他说:"你为什么不给我读一些《圣经》里的诗呢?"

胡戈从背包里拿出《圣经》,为她读第一篇赞美诗。

245

"虽然我不理解，可那很优美。你觉得呢？"

"我觉得也是。"

"我很喜欢那句话，'像一棵树栽在溪水边'。你喜欢《圣经》吗？"

"妈妈喜欢读给我听，可从那时起，我就几乎没打开过它。"

"我忘了，你不信教。不过，从你和玛丽安娜在一起以来，你已经有了点儿改变。玛丽安娜热爱着上帝。我没有遵行他的道义实在是太糟糕了。我总是跟上帝反着来。你得跟我保证你每天会读一两章。那会让你更坚强，赋予你力量和勇气去战胜作恶的人。作恶之人处处都有。你能跟我保证吗？"

"我保证。"

"我知道你不会拒绝我。"

他们找到了一对老夫妻的房子。老人收下了他们的德国货币，给他们端来热腾腾的蔬菜汤。玛丽安娜问他们，德国人是否已经撤退，老人确定地回答："德军是世界上最优秀的军队。这样的一支队伍永远不会被打败。"老人的话让她充满了希望，她顿时觉得自己获得了缓刑。

房间里很宽敞，还有一张大床。角落里甚至还有一个水槽。他们过了许多天没有房子、没有洗漱、甚至没有厕所的日子之后，觉得这个地方就像一个豪华的旅馆。

"在这儿，我们的身体和心情都舒服，对吧？"玛丽安娜说。

"非常舒服。"

不过胡戈晚上并没有睡得安稳。他看到妈妈在一群难民中，脸黑黑瘦瘦的。她挨个问他们有没有看到胡戈。一个女难民心烦意乱地问:"他在哪里?"妈妈尴尬了一会,但马上回过神来回答:"他和一个女基督徒在一起。"

难民们被饥饿折磨着,没有心思回答她的话。他们像对那些等着被放逐的来自犹太居住区的人一样看管着胡戈。在巨大的绝望中,他用力咬他手上的手铐。费了九牛二虎之力,手铐终于松开了,可他并没有向难民和妈妈走去,而是坠入了深渊。

"怎么了?"玛丽安娜叫醒他。

"没事,做了一个梦。"

"不要把梦放在心上。"她说着,把他拉到胸前。

第五十九章

第二天,老夫妇给他们喝了几杯茶,然后把他们送到门口,祝愿他们一路顺风。玛丽安娜被感动了,她抱着老太太,亲吻她,然后他们就立刻出发了。

之后的几天平静无奇地过去了。他们翻山越岭,有时点燃营火,从农夫那里买些土豆和奶酪。胡戈捕鱼的成果丰厚。他每天都能用衬衣抓到三四条鱼。

玛丽安娜的恐惧没有消失,但已经减少了,表面上也不再流露出来。

她时不时地说:"你,我亲爱的,必须要小心,不要想着保护我。人各有命,那就是生活。"听到她的话,胡戈一动不动,也不回话。不过有时他会这样说:"我们会永远在一起,那是上帝的旨意。"她苦笑起来。

他有时为她读赞美诗。玛丽安娜鼓励他:"读下去,亲爱的,你有迷人的嗓音。我不懂这些诗,可它们却使我的灵魂得到升华。你理解这些诗吗?"

"我也不是每一首都懂。"

"我们要是找到一个牧师,他就可以解释给我们听。他们有时会离开教堂沿着河流漫步。"

在路上,胡戈学会了玛丽安娜那样的说话方式。当他成功做到了什么事,或者当玛丽安娜克服了沮丧失落时,他说:"感谢上帝。"玛丽安娜发现她已经把自己内心的一些东西传输给了胡戈。"带走玛丽安娜的内心,把她的躯壳扔得远远的,"她对他说,"她的内心信仰着高高在上的上帝,她的外表沮丧忧愁。灰心失望常常把她拖下地狱。要不是这讨厌的沮丧,她的生活早就不一样了。要知道,沮丧就像瘟疫一样。"

也有充满笑声和酒醉后的欢愉的日子。"玛丽安娜仍然年轻貌美,这是真的吗?"她会说。

"完全是真的。"

"等我们到了安全的地方,我会好好打理自己,我的所有的美丽都将是你的。"

"谢谢你。"胡戈说,他不知道要说些什么。

"我们就像一双鸟儿。你见过一只鸟谢另一只鸟吗?它们在枝头跳跃,彼此欢喜,待到夜幕降临,它们叽叽喳喳叫了那么久,终于睡着了。"

"真糟糕,溪水这么冷,"她说,"我们本可以像两条鱼一样在小溪里游泳。我还是个小女孩的时候,常去河里游泳。后来我就不游了。我好想游泳。游泳仿佛能化解我的忧伤。当一个人游完泳从水里出来,他就不会走弯路。他会看到绚丽的色彩。我错了吗?"胡戈爱这突如其来的惊叹。这些时刻,他觉得她与她体内神秘的力量合为一体。她的神色流动，脱离了自己的控制。

"人们宰杀动物吃是错误的，"过了一会儿她说，"那是肮脏可耻的。动物多么像我们，对它们的杀害会让它们向上帝哭泣。我爸爸，在我的记忆里，每个复活节前都会宰杀一头猪，这至今都令我颤抖。我年轻的时候就在心里发誓，今后绝不吃猪肉。当然，我没有遵守这誓言。"

"我们家都是吃素食的。"

"我不知道。"

"只有水果、蔬菜和日常的一些食物。"

"我总是说犹太人更加敏感。但他们的敏感有什么好处？他们被更残暴地迫害。不要忘了你们的同胞在街上被残忍地杀害，仅仅因为他们是犹太人。"

"我不会忘记。"

"德国人把他们赶到聚集区，然后又把他们送到鬼知道的什么地方，就因为他们是犹太人。上帝不会允许那样的不公，他会用洪水来惩罚那些迫害者。不要忘了，你不能无声无息地任由这种不公。"

也有几天，是完全的沉默。玛丽安娜坐着陷入沉思，胡戈反复对自己灌输：**我必须要记下旅途中的每一个细节**。玛丽安娜想得出神时，她的脸上有一种奇怪的光芒，她的额头变宽了，头发竖了起来。胡戈觉得她那可爱的一面正在被她的沮丧蚕食。但不用担心，当她再次充满好奇时，她的脸又为美丽所照亮。

"忘掉我的悲伤和愤怒，只要记得我们之间的光明就好。"她心烦意乱地对他说。

一个农妇卖给了他们一些蛋和一桶奶油，他们坐在地上吃。吃完，玛丽安娜对胡戈说："在我身边的所有人里，只有你是我的。"

"你非常美丽。"他情不自禁。

"很高兴我能让你快乐。一个没有倾慕者的女人，就像一口被封住的井。她的生活被扼杀，她的美丽会凋零。感谢上帝，我现在远离了那些折磨我的一切。现在我是我自己的，我只和你在一起。"

"我不在乎睡在野外。我可以生火，那会让我们暖和起来。"

"你太好了。但别忘了，春天会下雨，有时雨会下得很大。"

"我可以为我们造一间临时的小屋。"

他们坐着，一直像那样，说到无话可讲，然后一起躺下睡着。

第六十章

玛丽安娜的猜测最后终于发生了,不过和她原本的想象有些不同。他们坐在橡树下喝着茶,看着篝火的时候,三个矮小的男人突然出现了。他们穿着旧的皮衣。"起来,女人,跟我们走。"一个人命令道。

玛丽安娜一愣。"为什么?"她问,"我做了什么吗?"

"那是命令。"他回答。

"我拒绝服从这个不合法的命令。"

"何必这么顽固,女人?"他有意放松了口气说。

"我从来没有害过任何人。我为什么要跟你们走?"

"你可以跟当局辩白,现在你得起来跟我们走。"

"我不去,我还有个儿子,我要照顾他。"

"我再重复一遍。起来跟我们走。询问很短,之后他们就会放你走了。怎么这么顽固,这对你没好处。"

"为什么?"她抬头,仿佛刚刚醒来。

"没有为什么。那是命令。"

"你们被派来抓我,那我的名字叫什么?"她鼓励勇气,机智地问。

"玛丽安娜·珀德高思盖。"他回答道,并给她看他手里的名牌。

"我不去。我不相信这些鬼话。"

即便受到如此的对待,那个男人还是温和地说:"如果我是你,我就不会这么固执。"

"但我就是这么固执。"

"如果是这样,"男人从腰带出抽出一把手枪说,"那我们别无选择,只能枪毙了你。我们接到的命令是带你活着回去,不然就杀了你。杀了你交差可容易多了。"

胡戈看着那三个男人靠近。他们矮小,坚定,漠然。他想接近他们,求他们放过玛丽安娜一命,但他太害怕了,一句话也说不出。

显然,手枪以及男人最后一句话中的冷酷征服了玛丽安娜,她站了起来。

现在看清楚了——她比他们高了足足一个头。

"走吧,我们会跟着你。"男生并没有提高他的嗓音。

胡戈和玛丽安娜走起来。男人们并不催促他们。走了几分钟,玛丽安娜头也不回,问:"你们为什么需要我?要是你们告诉我真相,我会谢谢你们的。"

"你不用害怕。俄军和德军不一样。在俄国人这边,任何事情都不会胡来。所有无辜的人都会得到自由。你也会自由的,毕竟,你没有杀过人。"

"我不会认任何罪,我没有杀过人。"她反复说着这句话。

253

"你什么也不要怕,"他仍然温和地说,"他们会调查核实,最后会让你走。你需要耐心一点,就这样。"

"你们要带我去哪儿?"

"总部。"

"他们刚刚才到,现在就调查起来了。"

"那个地方解放了一个礼拜了。现在他们正在对每一件事情开展调查。很快,新生活就要开始了。"

"我从小时候起就自力更生了。没有人帮我。"玛丽安娜说话间换了种新的语气。

胡戈觉得自己好像在梦里被捆绑着,即使是想伸手去牵住她的手这么一个小小的动作,也无法做到。

"玛丽安娜。"他轻声呼唤。

"怎么了,亲爱的?"

"我们要去哪儿?"

"你听到了。"她直截了当地说。

他们曾经住得离城市很近,就靠近河边。胡戈清楚地记得他和爸爸一起走过的长长的路。他们总是在沉思、静观,深深爱着大自然。他曾经特别喜欢在夏天散步。星期五下午,在他们的回家路上,会遇到留着胡子去往教堂的犹太人。看到那些犹太人,他爸爸会陷入沉默。为了回答胡戈关于他们是否真的犹太人的问题,爸爸会说上一大段只会让胡戈更迷糊的话。胡戈记得爸爸在沉默中,还有些不易察觉的尴尬。

"我们要穿过城市吗?"玛丽安娜又一次没有正面问他们。

"总部在市郊，我们马上就要到了。"

"你们为什么不让我走，兄弟们？"她问他们，没有半分乞求的意味。

"我们职责在身。职责不允许我们那样做。"

"我们是同胞，我们都是乌克兰人，都是乌克兰人的孩子，"玛丽安娜说，"要是你们说没有找到我呢？"

"我们已经找了你三天了，不能空着手回去。"

"我会付你双倍的报酬。"

"我们是共产党，我们信仰斯大林同志。"

"我们是乌克兰人，信仰上帝，耶稣基督，"玛丽安娜说，"领袖来了又走，只有上帝是永恒的。"她的声音中有一股无形的力量。

"共产党已经废除了那些旧的信仰。"玛丽安娜的话对他没有任何影响。

"我会记下你们对上帝的公然亵视，"玛丽安娜说，"上帝在天堂，他什么都能听到。到审判日，我们都将显现在他的面前。"

"你是在威胁我们吗？"

"我没有枪来威胁你们。我想提醒你们，乌克兰人从未丧失对上帝的信仰，即便在那些黑暗的日子里。"

"你想要什么？我们只是在服从命令履行职责。如果你有什么冤屈，可以在总部申诉。那儿，他们会认真查清每件事，那里一切秩序井然。他们会听完你的话，然后放你走。"

"我要提醒你，我是我们民族忠诚的女儿。没人能十全十美。我与圣父一起在底层世界，我从未抛弃他，一刻也没有。"

255

"在天堂,你会是无辜的。"他简短地说。

"我希望你也能发现我的无辜,就算看在我儿子的分上,在这个世界,他已经没有人可以依靠了。"

"他父亲在哪儿?"

"天知道。"

"到总部把什么都告诉他们。他们会听你说,然后让你走的。"

"他们是共产党。他们不信仰上帝。如果我是你们,我会让这个女人走。他们为了我付给你们多少钱?"

"我们是共产党员。我们所做的一切都是因为信仰。"他回答道,拒绝了她的请求。

他们到达了市郊,胡戈立即认出了这块地方。这里处处是白杨,它们长在这里的每一片院子、每一条街道上。他爸爸在这儿有个乌克兰的儿时玩伴,在他们沿着河流散步回家的路上,他们有时会去他家玩。

突然,一阵呼喊声响起,打破了他们的平静。起初,胡戈以为那是一阵惊叹声或是哀悼声,声音就很快清晰起来,这是一场攻击行动到来前的愤怒的声音。不久,他们陷入了石头雨之中。玛丽安娜抱着行李箱挡住脸。守卫们见状咧着嘴巴笑。"人们认出你了。他们怎么认识你?"一个守卫问,企图激怒她。

"他们都疯了。"玛丽安娜回答,似乎这与她毫不相干。

他们继续在葱翠宁静的春日里走着。几分钟前发生的一幕仿佛是一场不相关的暴动。玛丽安娜反复提着她的请求:"放了我吧,让我回家吧。"

"去哪个家？"

"我妈妈死了，我要去姐姐家。"

"你姐姐不喜欢看到你。"

"你怎么知道？"

"我们和她详细谈过。"

"我姐姐很容易受心情的影响。"玛丽安娜想要消除这令人不快的印象。

他们从悠长寂静的小路走出来的时候，人们又认出了玛丽安娜，并朝她扔石头。这次，守卫行动更敏捷，他们叫那帮扔石头的人停下来。喊话没有用，他们就朝着天空开火。人们立刻停了下来。

"干得好。"玛丽安娜说着，松了一口气。

他们离总部不远了。玛丽安娜还在不停地嘀咕，守卫们并不理会。他们紧绷着神经，一旦有人朝他们扔石头或者钝器，就有一个守卫用枪制止他。对他们而言，把玛丽安娜毫发无伤地带到总部是十分重要的。

之后的几个月，胡戈会经常想起这段痛苦的路途。他想要记住其中述说并暗示的一切。玛丽安娜知道等待她的是什么。她想办法逃离，可是每个人都制止她，她的勇气也起不了什么作用。

即使是这样的情况，她的克制、修长挺拔的美丽也没有逃过胡戈的眼睛。耻辱没能抑制她那动人的表情。"上帝啊，请保护玛丽安娜。"胡戈说着，感觉到自己的膝盖渐渐无力。就在这时，他们到达了总部。

"我们到了。"带枪的男人说。他很高兴成功将这个被捕的女人带到了监狱门口。

  玛丽安娜把行李放在地上。"亲爱的,看好它,"她说,"我很快就回来,哪儿也别去。"她吻了胡戈的额头,然后不紧不慢地朝着低处的门走去,她弯腰穿过门消失了。

第六十一章

胡戈纹丝不动地站在那儿。这是他的城市。他熟悉这里的每条街道、每条小巷。他曾经有几次经过这个并不太光辉的地方。他想找找看有没有熟悉的人,但他只看到几个穿着长大衣的俄国军人。农夫们肩上扛着柴火,饥饿的狗在街上流浪。

一个小时过去了,玛丽安娜还没有回来。她在受审她和德国人的关系,她会被指控叛国的想法萦绕在胡戈的心头。他仿佛穿过了帷幕,想起了他们夜里虐待凌辱她时她的哭喊声,以及早上老鸨的威吓声。之后,他没有再细想这些细节。他独自在守门的护卫边上站着,期盼着她回来。**而她还会回来吗?** 这像个没有任何线索的谜。

站了两个小时之后,胡戈累了。他坐在地上打开行李箱,惊喜地发现还有一点奶酪和面包。吃完了这些,饥饿感消除了。他抬起头,看到了厨师维多利亚被两名守卫押着。她的出现让他惊讶,他想走近她,在一个陌生的地方接近一个熟悉的人。可他又想起她并不喜欢他,曾经说他让妓院里的女人陷入了危险。

"你们想从我这得到什么?"她问一个守卫。

"在总部,他们会告诉你的。"守卫不耐烦地回答。

"我已经不再年轻了。"她笑着说。

街上到处是当地居民。难民们穿着又长又破的衣服显得很刺眼。

"你是谁?"一个难民问胡戈。

"我的名字叫胡戈。"他没有隐瞒事实。

"你是汉斯和茱莉亚的儿子吗?"

"对。"

"到广场来,他们正在分免费汤。"男人说着走开了。

别人对胡戈突然的关注,还提及了他的父母,让胡戈从恐惧中走出来。爸爸妈妈出现在他面前——不像那些在惊恐中冲过街道的难民,他们悠闲地走着,像正要到咖啡馆会见朋友那样。

之前妓院里的女人们一个接一个地被带到总部来。守卫看着她们,人们对她们大声谩骂。甚至连西尔维娅这个上了年纪的清洁工也被带了过来。她那瘦削的满是皱纹的脸上凝固着惊讶的神情。这是个错误。她仿佛在说。我老了,我只不过是个清洁女工。守卫们一句话也不说,他们紧绷着神经与这群被扣押的人站在上了锁的大门前。女人们全都挤在前面,这让那群暴民得以聚在一起宣泄他们的仇视的快感。他们不仅破口大骂,还做着淫秽的动作,以此表达他们这种低俗的快感。守卫们也没能让人群安静下来。

幸亏玛丽安娜已经走了,她不用遭受这一切。胡戈默默地想。

胡戈认出了大多数女人，但叫不出她们的名字。像以往一样，基蒂很显眼。她的脸上满是惊讶的神情，这让她比在妓院时更像一个孩子。她困惑的眼睛好像一直在问，这场骚乱的原因是什么？

被捕的女人们既没有表达她们的愤恨，也不抵抗。她们只是惊讶于门无法开启。要是门可以打开，她们就能从四面八方蜂拥而至的咒骂或者歧视中逃离。胡戈走近，站到一个可以更清楚地看到她们的地方：她们依然漂亮，有些人还让他想起了玛丽安娜，可是她们是一群痛苦的被遗弃的人。

胡戈迫切地想跟她们说着什么，但魁梧的守卫不准任何人靠近。这样的情况僵持了很久，让人觉得女人们将会一直站在那儿，直到她们被释放。其中有个高个子的女人，长得很像之前淹死的娜莎，她问侍卫："我们必须在这儿等多久？"

"这事我们决定不了。"

"那谁能决定？"

"营地司令官。他会下达射击令。"

突然，玛莎走近，两个守卫跟着她，所有的目光都朝向她。仿佛她不是和她们一样的受着煎熬的同伴，而是一个救世主。边上一个女人抱住她，远一些的女人伸手来摸她。"没什么好担心的，"她说，"我们完全不需要遮遮掩掩，我们将向所有人告白，我们是被强迫的。如果我们不服从，我们的命运早就像那些犹太人一样。"

"确实。"一个被捕的女人应和道。

"维多利亚和西尔维娅会证明我们是被迫的，要是老鸨不承认，我们将毫不犹豫地说她才是奸细，而不是我们。"她就这样站着，准备着为集体辩护。她坚决果断的话显然震慑住了围观的人群。他们停止了咒骂,被捕的女人有了片刻的喘息。到傍晚,门打开,女人们被带到里面。幸灾乐祸的人们渐渐散去。此处骤然恢复了平静。

在广场上,难民们围着一只盛满了汤的部队的大锅子。他们都站着吃,互相之间也不说话。他们吃得很急,好像被追猎了好几天的动物。现在,他们终于得到了他们想要的,再也没有别的心思注意别人了。

胡戈口渴。他害怕离开,担心玛丽安娜被放出来的时候找不到他。不久玛丽安娜就会重获自由,他们可以再次出发的念想给了他新的希望。记忆中,燃烧着的篝火,他们在木炭上烤鱼的那场景还历历在目。对胡戈而言,玛丽安娜神奇地成为了雕塑。他想回忆玛丽安娜说过的绝妙的句子,却是徒劳。这仿佛是对他的一场刁难,他什么也想不起来。

"玛丽安娜。"他大喊,等着她出现在面前。

街上愈加安静,围着汤锅的难民也消失了。只剩下几个人,靠着墙,抽着烟,说话。胡戈很口渴,他决定走到锅子那里去。他从箱子里拿出金属碗,往里面倒了一点汤,坐了下来。

一个难民走到他面前。"你是谁?"他问。

"我叫胡戈。"

"姓什么?"

"胡戈·曼斯菲尔德。"

"是药剂师家的儿子?"

"是的。"

"他们早上会给大家分茶和三明治。"男人说着,走开了。

直到现在,他才知道正发生些什么事情:有些人被解放了,有些人关在高墙之内正接受着审判。被解放的那些人东奔西走地寻找着什么。胡戈让自己鼓起勇气,走近其中一个人问:"这儿怎么了?"

"没什么。你为什么这么问?"

"大家好像都在找什么。"

"你错了。大家都聚集在这儿是因为这有汤。没有什么比一碗热腾腾的汤更能吸引干渴的身体了。"他微笑着说。

胡戈回到大门前。他与那个难民的简短而毫无新发现的对话让他惴惴不安。有那么一刻,他觉得那人藏着一个可怕的秘密,而他所有的语言、动作不过是分散别人的注意力罢了。那个人正靠在一栋高楼的墙上,大口地抽烟。从胡戈所在的那个角落看起来,他高大,肩膀宽阔。

后来,看门的守卫问他:"你在等什么?"

"等我妈妈。"

"她在哪儿?"

"她在里面,她会在那儿待很久吗?"

"谁知道呢。"守卫说着,背过了身去。

第六十二章

整夜,胡戈都紧张地等着玛丽安娜的归来。他的希望渐渐变得微弱,到了早晨,他睡着了。他梦见了爸爸,高大强壮,穿着一件长大衣,看起来就像一个等在汤锅边上的难民。

"爸爸。"胡戈叫唤着朝他走去。

他转过身来却是一张陌生的脸庞。"你在找谁?"他问。

"不好意思。"胡戈一边后退一边回答。

"现在开始,得小心点儿。"男人说完就走了。

胡戈醒来。难民对他而言不再陌生了。但是他们脸上的神情、他们的一举一动所暗示的内心经历的变化却难以解释。胡戈畏畏缩缩地离开他们,走近汤锅,给自己倒了一点汤,拿了一片三明治,坐下来。

玛丽安娜总是迟到,她有时候会忘了别人正在等她。他告诉自己。胡戈这会儿清楚地记起了常常弥漫在壁橱里的黑暗。但他也同样记得玛丽安娜站在门前道歉时她脸上的光亮。"我把亲爱的忘了,我这就去拿点吃的来给他。你会原谅我的,对吗?"而他,确确实实地原谅了她。

现在,胡戈想象着她的这次归来将也是这样的场景。

此时,几个难民已经团团围住了汤锅。他们看上去沉默寡言。热腾腾的汤温暖了他。他盛了满满一碗,找了个能够看到大门的角落待着。

门没有开。胡戈又一次想起了他和玛丽安娜离开妓院后的那段旅程。那是漫长的、缤纷的,仿佛不止几个星期,而是长达数月。玛丽安娜并不乐观,但她努力地使自己相信在山区里没人会找到他们。

她的样子几乎每小时都在变。起初是淳朴而痴情的,而后是受了伤害向往着上帝的样子。在胡戈的人生里,他还将常常想起玛丽安娜。无论我去往何方,她都与我同在,他这样说。这么多年过去了,她还和我在一起,正如我在壁橱时看到她站在门口一样。

在壁橱那漫长漆黑的夜里,胡戈曾梦见他从那牢笼里释放,奔向家里。类似的梦境一再以不同的画面出现。现在,他坐在离家几条街的地方,这儿离药店也不远,离安娜家只有十分钟的路,离奥托家也是差不多的距离,可他只是待在原地。

"你叫什么名字?"一个难民妇女温柔地问他。

"我叫胡戈。"他告诉她。

"我没弄错,你是汉斯和茱莉亚的儿子。"

"嗯。"

"我小时候就认识你父母了。你在这儿做什么?"

"我在等曾经救过我的女人。"

"照顾好自己啊,这儿的人很可怕。"

"我会小心的。"他说,试着不要拖延他们之间的对话。

"我和你父母很熟。我还在他们的药店工作过呢。那是你才三四岁,所以你不记得我。我叫米娜,我和你父母曾经在一所大学念书,可我没有毕业。"她讲得十分简洁扼要,把大量的信息浓缩在短短几句话里。胡戈有些心不在焉,他害怕让自己目光离开了大门。他没有回应和提问,她便说:"待会儿会有负责人来,告诉我们临时的住处,别走开。"

多奇怪啊,胡戈想。这个温柔的、快乐地和他说着话、语气就像妈妈一样的女士竟然让他心里也满是忧虑不安。

看门的守卫已经换班了。一个穿着长大衣的老兵站在那儿。胡戈觉得这个老人可能会听他的倾诉,告诉他里面谈判得怎么样。

"我妈妈在里面。她还要在那儿待多久?"胡戈不再犹豫,上前问道。

"那得看审问得怎么样。现在他们正在审问和德国人睡过的妓女呢。"

"他们会重罚她们吗?"

"惩罚的轻重,得根据她们犯下的罪的轻重而定。"守卫对自己的一套说辞很满意。

捱过焦虑的一夜,胡戈累极了。身边的人、周围的情景和他的噩梦交织混杂在一起。他试着分清楚哪个是噩梦,哪个是现实,但是疲惫席卷而来,他睡着了。

第六十三章

胡戈醒来,太阳已经落山。老兵还在站岗。他那不摆架子的模样鼓动着胡戈问道:"审问结束了吗?"

"显然没有。"守卫不肯多说一字。

"您预计还要多久呢?"胡戈像个大人那般说。

"我已经让自己不再回答这样的问题了。"守卫回答着,看都没看胡戈一眼。

胡戈回到广场,两个年轻的士兵正在往锅里倒刚刚烧好的汤。难民们紧张地看着他们。胡戈,也是这样,站着,观察着:难民说的是德语,说的所有的话都和他以往在家听到的一样,但他们不像他的父母。他们站着的样子表明他们曾躲藏在一些地方,他们每动一下都十分谨慎。每跨一步,他们都小心地环顾四周,像被追猎的动物。

"我们要待在这儿多久?"他听到一个难民问另一个人。

"我无论如何都不想长时间待在这儿。"那人回答。

"那你去哪儿?"

"任何地方,只要不是这儿。"

"我要等一等,"问话的那个人谨慎地说,"他们说还有人没有回来。"

"那些至今没回来的人是不准备回来了。"另外那人回答。他的话就像一把锋利的刀斩断了对话。

胡戈一定程度上明白了他们谈话中的意思。他想等玛丽安娜,又迫切地想要离开这儿,这两种想法几乎要把他撕成两半。为了让自己从身边的难民中解脱出来,胡戈完全沉浸在了想象中。他的脑海中,描绘着玛丽安娜与他在一个杳无人迹的葱翠的地方,就和他们被抓来之前去过的那些地方差不多。

突然,一个女人痛苦地嚎啕大哭。大家围在她身边,却听不清她在说些什么。她嘀嘀咕咕地说些只言片语,或是令人无法理解的半截子话。最后,她终于吐出这么一句:"我只剩下一个人了,这个世界上没有一个活着的亲人。"

"我们所有人都是孤身一人,别哭了。"

斥责只是让她哭得更甚。

最终,他们都从她身边走开了。她痛苦地哭泣了很久,说着她的父母姐妹,说没有了他们,她也没有理由再活下去了。渐渐地,她的哭声终于止住了。灰暗的、困惑的神情凝结在她的脸上。有一刻,胡戈想把行李和背包留在老兵那儿然后自己跑回家看看。他家离这儿不远——跑起来只要十分钟就能到。他会走进去看看家里的一切是否还是老样子,然后就立刻回来。这个念头让他兴奋,可他继而又想起玛丽安娜所有的家什都打包在箱子里。要是它们丢了或被偷了，玛丽安娜是不会原谅他的。正当他在想着这事的时候，来了一辆卡车，车屁股就对着大门。人们立即聚到街上。一个头戴织着金丝的帽子、胸前挂着一个耀眼的十字架的牧师走在队伍的前面。

显然，可怕又重要的事情要发生了。围着卡车的人们盯着大门看，可门没有开。牧师先说了一串祷告，那些围观的人也加入进来。祷告的声音回荡着，震动了大地。越来越多的人聚拢过来加入祷告的队伍。胡戈相信他们将站在那儿直到大门打开，被囚禁的人们得到自由。

祷告还在继续，士兵突然出现。他们打开大门，向围观的人们横冲直撞，还向上空鸣枪示警。骚乱发生了，胡戈抓住行李和背包，把它们拉到边上。街上的人逃光了，只剩下老牧师还站着人行道上，坚定地做着祈祷。

而后，大门再次打开。穿着棕色的麻布衣的女犯人走出来，他们被命令爬到卡车上去。爬上去对她们来说不容易，但她们一个帮一个。有几个人绊倒跌了下来，可最终她们全到了车上。

胡戈顿时发现了玛丽安娜，他大叫："玛丽安娜！"人们又一次聚拢，绝望地呼喊着卡车上那些牢牢抓着围栏的女人的名字。牧师挥动着他的十字架，抬高嗓音。"上帝，拯救她们吧！"他祈祷，"除你之外，没人可救她们。"听到这祈愿，所有人都再一次祈祷起来。年轻的士兵不安了片刻，射击的命令下达。祈愿的人群中混杂着痛苦的哭泣。车上抓着围栏的女人们被人群的哭声和对他们的扫射震惊了，她们向上天伸出双手喊道："上帝，我们爱你，你是我们心中的至爱，

269

永远永远。"司机发动了引擎，卡车一刻也没有耽搁地开走了。

"她们都是被强迫的，她们没有罪。"人们呼喊着。一些受伤的人躺在地上，其他人跪在他们边上，撕下衬衣为他们包扎。因为那些伤员，女人们暂时被忘了。胡戈听到有人对朋友说："我可怜的姐姐，我的好姐姐，她把所有的一切都给了家人，现在她却在赴死的路上。"

"你怎么知道？"

"你难道不知道么？法庭宣判让行刑队枪毙她们。"

第六十四章

人群渐渐散去。受伤的人们完成包扎后，靠墙静静地坐着，眼神迷乱困惑。有些人咒骂着，有个女人用拳头敲击着自己的脑袋。一如既往，恐怖的事情过后，是咬牙切齿的愤恨。

一小群女人坐在地上痛哭。"为什么要杀了她们？她们作了什么孽？她们又伤害了谁？她们年轻漂亮，给我们这个黑暗的世界带来了一线光亮。"后来，她们换了一种语气向上帝致辞。"上帝，用你的爱接受这些年轻的灵魂吧。你是宽宏慈悲的，你懂得她们纯真向善的灵魂。命运对她们是残忍的。现在，她们正要来到你身边，请不要严厉地审判她们，原谅她们吧。"

胡戈待在原地。他觉得哀悼者的话充满力量，并且将他引向正确的方向。他的整个身体都想要哭泣，可是眼泪却如同冻结了一般流不出来。有个难民看着这群女人。"她们知道怎么祷告，"他说，"她们以正确的方式求告上帝。我们为什么还沉默？为什么我们不张嘴祷告?"

"你还在问这个问题吗?"站在他身边的朋友说。

"难道连问题也不能问了吗?"

"这种为了自身的问题都是愚蠢的。"

夜幕降临。所有人都疲乏了。他们围着火堆坐着发呆。无人问起他们要做什么或是他们在等谁来指明今后的路。一些男人交换了钱或者一些值钱的物件。一场激战之后,是一片死寂。

胡戈走到看门的守卫那里,询问被卡车装走的女人们的命运。

"你想知道些什么?"守卫的耐心已经被消磨殆尽了。

"她们在哪儿?"

"你还是不知道的好。"

"有可能去她们那边吗?"

"你真是个蠢驴。"他说着,背过身去。

直到现在,胡戈才真正意识到玛丽安娜其实早就知道将要发生什么了。但是身在那一片绿色的宁静中,她的话听起来就只是幻觉,抑或是毫无根据的恐惧。她曾经直截了当地告诉他:"如果他们杀了我,别忘了我。你是我在这个世上唯一信任的人,我把我灵魂的一部分埋在你的身体里。我不愿离开这个世界的时候,没有留给你任何东西。我没有金银财宝,把我的爱藏在你的心里,记得经常告诉你自己,曾经有个玛丽安娜,她是一个受过太多伤害的女人,可她从来没有失去对上帝的信仰。"

那个晚上,她还说了其他一些不可思议的事情,而胡戈只听懂了一点点。多数是轻声的只有她自己才能明白的低语。现在,她的话无比清晰地回荡在他的耳边。

胡戈发现看门的守卫不仅故意无视他,而且还对他心怀蔑视。不久之后,他用两个字表达了他的厌恶:"滚开!"

胡戈回到广场,回到难民堆里。篝火燃烧着,人们把它围得水泄不通。锅里装满了汤,每个人都不停地往碗里倒汤。他们忍受了长年的饥饿,吃了好一会儿才有了饱感。一个老人说,蔬菜汤对他们是个好东西。他们的身体必须慢慢地适应新的情况,要是吃太多硬食,对消化系统造成负担就不好了。这时候,蔬菜汤是最适合的食物。其他人惊讶地看着他,仿佛他说的事是他们闻所未闻的。

人们走近胡戈说:"你是胡戈,对吗?"

"是的。"

"我叫蒂娜,"一个人说,"我是奥托的阿姨。"

"奥托在哪里?"胡戈害怕得站起来。

"谁知道呢。我在等我们家的人。你到哪儿去了?"

"和玛丽安娜在一起。"

"可怜的东西。判决太恐怖了。"

"那不适用于玛丽安娜。"他脱口而出。

"但愿吧。"

停顿一下之后,她说:"知道我们家发生了什么之后,我好绝望。各种消息互相矛盾,让人困惑。这儿的人告诉我,他们看见了奥托的妈妈,但另一些人又说那不是他妈妈,只是一个看起来像她的人。我已经下了决心要等了。我不会离开这儿了。我们不能失去希望。没有了希望,也就没有活下去的理由。只要活着,就要怀着希望。上帝创造了我们,让我们遭遇这些,无论我们喜欢与否。"她滔滔不绝,就像在读书背诵。她的话语如洪水般奔涌而出,已经不受自己的控制了。"我不会离开这儿,什么都不能让我离开。我会等在这儿直到生命的最后一刻。"她用手捂住嘴巴,可这个动作并没有让她的话停住。最后,她对他说:"对不起,我必须得一个人待会儿。"她转身离开,被黑暗吞噬。

第六十五章

那晚,胡戈睡得很沉。家里的一幕幕以及之前刚刚发生的一切潜入他的梦中。在混沌中,玛丽安娜是那么突出——不仅因为她高挑的身材,还因为她说的那些话。她谈论着上帝和她想要靠近上帝的愿望。难民们看着她,并不相信他们的耳朵。她邋遢的样貌和她虔诚的话语形成了鲜明的对比。多数难民不认得她,到那些认识她的人笑着说:"要是玛丽安娜也在讨论上帝,那说明救世主弥赛亚就要来了。"那显然是讽刺。玛丽安娜做的这些只是让他们觉得好笑。

然后她用一个夸张的姿势对他们演讲:"你们都认识胡戈。但你们只知道你们认识他。这是一个与众不同的胡戈。从我接受他的那天起,他所能学习的东西是不可估量的。我把我拥有的每一样东西都植入了他的灵魂。我知道有些人会认为我教他的时候会有所保留,不用担心,我让他的内心充满信念。他知道上帝无处不在,那在你们看来,绝非小事。否认上帝存在的力量太强大了，因而，哪怕是一点点儿的信念，对人们也是异常珍贵的。这就是我为什么说胡戈改变的不仅仅是外表。他会让你们惊喜。"

胡戈从梦中醒来。难民蜷缩在他们的大衣里。看起来，他们并不像刚刚听完玛丽安娜演说的样子。或许他们已经听过了，现在正等着她再次露面。

胡戈站起来，他第一次发现原来城市的这一部分丝毫未变：到处是两层楼的建筑。人们住在楼上，底楼是商店和车间。犹太人不住在这儿。商店和车间还没有开门，清晨的宁静还笼罩着这一幢幢房子。显然乌克兰人没有被驱逐出家园；即便在战争期间，他们还继续着日常的生活。这里没有著名的建筑珍品。这儿的一切都表明：一幢房子就只是房子，它们合理划分，大门朝着花园。装饰物和铁艺品是属于富人的。过去，胡戈发自内心地喜欢这些房子简洁的样子，他现在也还记得。

后来，又来了一批难民。胡戈模糊记得其中一些人，不过多数都是陌生人。或许由于他们的极度憔悴，他们身上的有些东西无疑已经消亡了。而他们身上还留存的那部分并不足以解释他们已经历了什么。

"我们已经变了。"一个新来的人开玩笑道。

"所以它出现了。"他的朋友说。

除了汤锅和三明治，一些人又摆出新的摊位，他们提供饮料和香烟。德军撤走后，留下了大量的存货，那些难民把东西塞满了自己的包裹。一个头发乱蓬蓬的女人，穿着一件纽扣早就被扯掉的军大衣，准备了一锅咖啡,她像对自己的兄弟姐妹们那样与难民说话,仿佛他们刚刚从一场动乱的睡梦中醒来。"喝吧,孩子们,喝吧,"她温柔地说,"这是我为你们准备的美味的咖啡。东西还多着呢,你们想吃什么,我就做什么。"她刚刚喝了一些酒,有些兴奋,难民走近她,她慷慨地把东西倒给他们,并祝福他们。她把自己的东西与他们分享,让他们快乐。而人们对这种炫耀感到尴尬。

胡戈看着这些新来的人。他们像他的父母,但有些年纪更大些。很难知道他们经历了些什么。他们灰蒙蒙的脸上没有表情,他们也几乎不说话。

后来,胡戈对自己说:"我要去看看这座城市。"以前,当他做完功课,窗外还灯光闪烁的时候,他就会这么对自己说。他喜欢那个时刻。城市到了夜里常常呈现一种全新的生活。音乐演奏声从打开的窗户飘远,人们坐在咖啡店里,享受着此刻的生活,让自己从一天紧张的劳作中释放。有时候胡戈会遇到安娜或者奥托,他们会一起到咖啡店里点一份冰激凌。每一家好的咖啡店都会有冰激凌,而阿拉斯加咖啡店的冰激凌是最有名的。

在那些愉快的相遇中,有一次,安娜告诉胡戈她想要成为一名作家。她弹钢琴的水平已经提高了很多,可是她不能忍受在几年里反复练习弹琴、演出的枯燥乏味。安娜所有的功课都很优秀,而她的文章是全校最有名的。她的文章不仅在自己班级里,还在别的班级里被作为范文朗读。每个人都赞美她巨大的词汇量、她描述事物的能力、她细微的幽默感,以及她丰富的想法。

"你打算当作家,要怎么做呢?"胡戈小心翼翼地问。

"我在读一些古典的作品。"

"福楼拜?"

"还有其他的。"

那时候,胡戈正在读儒勒·凡尔纳以及卡尔·梅的作品,而安娜有别的想法。

自从胡戈离开家以后,发生在他身上的一切都是一场他无法控制的修行。他真正的生活是在这个城市。他熟悉这个城市的每一个角落、每一条路的转弯和电车开过的每一条宽阔的街道。

胡戈都没有发觉自己抓住了行李箱,背起了背包,出发了。他慢腾腾地前行,仿佛害怕遇到让他惊讶的一幕,可出现在他面前的并没有什么能够让他惊讶的。一切都迈着缓慢的步伐。老人坐在家门前,装满木头的货车懒洋洋地沿着街道前行。那些胡戈小时候就记得,现在又再次出现的惬意的感觉让他坚信离家之后发生的一切只是一场只属于自己的修行。他走出地道,走在平地上。这儿的一切都未曾改变。他对城市被炸弹摧毁并被德国人或俄国人洗劫一空的恐惧化为了乌有。

胡戈仔细地确认他面前的一切:什么都没变,一切还是原来的样子。那是西里尔的冰激凌铺子。它开着,西里尔站在里面,像以往一样精心穿戴。他的一举一动完全没有什么不同。反而,他看起来很轻松,相信顾客很快就会来到。

胡戈坐在阿卡恰大街的转弯处。那是这个城市风景最怡人的一条街。那儿可以俯瞰这座城市美好的风光,河的两岸到商店咖啡馆,都能一览无余。他过去常常和安娜坐在一起。有一次,他和弗朗茨一起坐着,弗朗茨说着大段大段复杂的话,向他证明科学的进步是跳跃式的,现在看似稳固的有理有据的一切在十年后都会变得幼稚。弗朗茨是个天才。与他的对话通常让胡戈觉得头昏脑胀。

那些曾经遗忘了的画面再次浮现,有些是在学校里的场景。学校的生活并不都是高兴的。放学后,有些专门欺凌弱小的恶霸常会选中一些犹太学生加入,一些老师常常会让那些不及安娜或者弗朗茨的犹太学生难堪。不过大多数的日子都是波澜不惊地过去了。胡戈为战争把他从父母、学校割离而感到难过,现在,他的一切不得不重新开始。他带着对上学的向往站起身来,而这种让他起身的冲动也同时让他停留在了原地。他害怕前行,担心事物将以他未曾想到过的面貌出现。

第六十六章

胡戈克服他的恐惧后出发了。阿卡恰大街上有些酒馆,他的舅舅西蒙德以前常整日整夜地在那儿。有时候,胡戈路过那里,会看见他正与人争论些什么,或者一个人沉思。胡戈站在那儿,期待着西蒙德看见他,可他从来没有发现过自己。酒吧旁边是一家价格便宜的咖啡馆,弗里达常到那儿坐坐。他偶尔会遇到她。她和西蒙德舅舅不一样,她会立即发现他,拥抱他并且亲吻他,告诉他,自己是他妈妈的大侄女。她常说她打算到他们家玩,哪怕她并没有被邀请。

他的脚慢慢踱着,仿佛分不清楚东南西北似的。一切都是熟悉的,几乎未曾改变过。街上有些树被拔掉,新的树苗种在了原来的地方。有些店开着,还有些关着。在西蒙德舅舅常去的酒馆旁边,还有家信教的犹太人开的纺织品商店。他妈妈有时候会去给那些穷苦人买一些零头布。留着鬓发、刘海的小孩子在走道里追赶嬉戏。店老板是个和蔼的、留着鬓角和大胡子的人，他耐心地为顾客服务，他说的话夹杂着犹太意第绪语的德文，常有谚语或者笑话，显得很有意思。胡戈的妈妈完全听得懂他的意思，而胡戈是在纯德语的环境里长大，很难理解他的话。现在，他想象着店里的样子，它仿佛被照亮了一般，事实上它关着门。

在西蒙德舅舅常光顾的酒馆里，人们像往常一样坐着。酒馆老板，胡戈一下子就认出来了，他在房间的正中，正发表着自大狂妄的演说，惹得人人都大笑起来。多奇怪，胡戈自言自语，这儿的一切都没变，只有西蒙德舅舅不见了。

他把行李箱和背包放在地上。暂时从重负中解脱后，胡戈确实发现了一些变化：在商店楼上的犹太人的家里住着乌克兰人。窗边、阳台上妇女孩子站着聊天和说笑。空气中吹着一股不一样的风。胡戈想努力辨别出来，却做不到。

以前他和妈妈走过街道时，人们会向她打招呼，祝福她，有时还问些用药的建议。在那方面，胡戈更像他爸爸。他不太参与学校的事务，像爸爸一样，他更喜欢独自待着。

他在这座自出生起就一直生活的城市徘徊，像个离开了多年终于归来的故人。没人认出他，没人向他的归来致意。寒冷无处不在，将他团团围住，使他颤抖。他牢牢抓着行李箱和背包，继续走着。

学校还在那儿。里面没有上课，大门却开着。在宽阔的楼梯边上，大伊凡，那个浑身都是力气的学校门卫还依然站在那儿。

"你好，伊凡先生。"胡戈像大家以前那样跟他打招呼。

"你是谁？"伊凡盯着他看。

"我叫胡戈·曼斯菲尔德。你不记得我了吗？"

"我看到有些犹太人回来了。"他说。胡戈不知道他那样说是什么意思。

"我来看看我爸爸妈妈回来了没有,学校什么时候开学?"

"我是个看门的,不是政府。政府负责宣布开学。"

"见到你,我很高兴。"胡戈说。找到了一个认识的人,他由衷地高兴。

门卫笑笑,说:"关于犹太人被杀死的流言在这儿传得到处都是,事实证明那是误传。你之前在哪儿?"

"我一直躲着。"

"很好。"

伊凡的妻子出现在门口,他马上朝她喊:"犹太人回来了!"

"这是谁说的?"

"这是胡戈。你不记得他了吗?他真的长高了。"

胡戈看到寂静的校园有些奇怪。学校大楼看起来就如同以前他过完暑假回来时看到的样子,可那之后他就回来了,他热切地想念着他的朋友、他的城市。现在,他害怕这里的每一个角落。

胡戈继续向前走。他闭着眼睛都能在这城市里走。伊凡站在楼梯口熟悉的这一幕,让他觉得这个城市并没有变。要是伊凡先生还站在楼梯口,那就意味着学校很快就要开学了。

药房看起来一切都变了。那幢雅致的、曾经被精心维护着的楼房,已经变成了一个杂货店。那里面,高高的闪闪发光的橱柜、大理石柜台、花瓶——所有的一切都彻底消失了。大门口放着几箱土豆、紫甘蓝、大蒜和洋葱。熏鱼和烂白菜的味道弥漫在空气里。

药房是胡戈最喜欢的地方之一。他的父母在那儿收获了满满的成就感。他们的爱情之花绽放得更蓬勃。一些顾客说:"胡戈像他妈妈。"而另一些人把双手放在心口说:"胡戈完全就是他爸爸的翻版。"直到现在,驻足于这废墟之前,他才意识到发生了什么:那曾经的一切不会再回来了。

他的脚步更沉重了,几乎是在拖着脚前行。胡戈记得有时候妈妈会早早回家为穷苦人准备一些包裹。早就放学回家的胡戈远远地看着穿着花衣服的妈妈慢慢走近,那时候,她看起来更像是个女孩。

突然,童年的那些令人着迷的片段都回到他脑海里,它们是如此鲜明生动,就像他是初次经历一样。无论何时,妈妈远远地看到他,都会兴奋地大叫他的名字,仿佛在她的想象中他早就在那儿了一样。

胡戈的妈妈也容易被那些起初不引人注目的东西所影响。他爸爸过去常说:"你可以学学怎样被茱莉亚打动。"她妈妈反应敏捷。"别搞错,"她会说,"在汉斯的眼里,容易被感动可不是件值得表扬的事情。"

"你错了,亲爱的。"

胡戈的双脚带他回了家。

房子还在原来的地方。令人欣慰的是那个可以看到整个城市的人阳台上正挂着蓝色的洗干净了的衣服。边上的窗户都是光秃秃的,可以看到里面的人。客厅里的大吊灯还挂在天花板上。胡戈站在那儿看了很久,他刚到市中心时的那种感受再一次强烈地打击了他:灵魂已经离开了这个宝贵的地方。

夜幕降临，一切都暗了下来。胡戈想回到他上午离开的城市广场。他从一个乌克兰居民区里穿了小路过去。那儿没有电，房子里都点着煤油灯。人们坐在桌边吃东西。街道、房屋都在傍晚的宁静之中。就是这样，它永远是那个样子，胡戈回忆着，它依然如此。

就在他要离开这个小区的时候，一个老人朝他喊："你是谁？"

"我是胡戈·曼斯菲尔德。"他回答。

"你在这儿做什么？"

"我来看看我们的房子。"

"滚出去，我不想再看到你。"老人挥着拐杖说。胡戈加快了脚步，不久之后他就回到了广场，成为了难民中的一个。

第六十七章

　　胡戈回到广场的时候,夜已经深了。在汤锅以及搭好的食物摊位边上,煮咖啡的锅冒着蒸汽,可以听到那些沉默的人们发出的喃喃自语。一个穿着旧军大衣的高个子男人递给胡戈一个三明治、满满一杯咖啡。他小心翼翼,好像知道胡戈已经有好几个小时滴水未沾了。胡戈坐在离篝火有点距离的地方。三明治很好吃,热咖啡也让他暖和起来。他在白天所经历的悲伤慢慢消失了。他很高兴又回到了这个地方。

　　一个女人过来,"你叫什么名字?"她问。

　　胡戈看着她的眼睛没有回答。

　　"你是汉斯和茱莉亚的儿子,是吗?"

　　"是的。"

　　"他们真是好人。城里没有一个穷人没有受过他们的慷慨的救助。"她还想再说些什么,可她的声音哽咽了。胡戈想问她他们在哪儿,他们什么时候到这儿来,可是看到她的脸色突然阴沉下来,便没问。

"你有暖和些的衣服吗?"她换了种语气,"我给你件外套。这儿夜里很冷。"她走到边上摊着的一堆衣服那儿,搜出一件外套递给胡戈。"穿上它吧,"她说,"这儿夜里冷。"胡戈穿上外套,他惊讶地觉得自己立刻舒服多了。

"谢谢你,我可以知道你叫什么名字吗?"他脱口问。

"我叫朵拉。以前,我有时候会去药房。那是个模范药房,对每个人都能笑脸相迎。"

广场上的骚动有些加剧,但还不至于骚乱。人们互相之间都很小心。小声的谈话让胡戈想起家里遭遇丧事的情况。那是他的爷爷雅各布去世的时候,很多人都到他们家来,他们全家被一种静静的爱意包围。那时候,胡戈五岁。无声的哀悼缓缓渗入胡戈的心里。许多个夜晚,他梦见了那些坐在他家里、一言不发的人们。

"人们为什么这么安静?"他那会儿问他母亲。

"那又有什么可说的呢?"她回答,不再多说一句。

胡戈环顾四周,渐渐意识到有些难民保守着一个秘密。人们向他们求助,请求他们把这个秘密说出来,可是出于一些原因,他们坚决不肯透露。一个强壮的、头发乱蓬蓬的女人情绪激烈,她盯着其中一个知道秘密的人,强烈地要求对方告诉她在第33号集中营发生的事情。

"我不知道。我在集中营的外面。"那个人为自己辩护。

"你的表情已经说明你明明知道发生了什么,可你就是决定不说出事实。"

"没人知道。"

"可你在那儿,你知道的。你为什么不告诉我,为什么不明明白白地告诉我这样的人究竟发生了些什么?"

"我不能。"他说着,嗓子口堵住了一般。

"你看,你明明知道的。"女人仍然咄咄相逼不肯退让。"我认为你知道。你不能让我们永远在迷雾中。就告诉我们吧!"

"我不能。"男人说着,泪如泉涌。

"你为什么要这么折磨他?"边上一个男人插嘴说。

"因为我必须得知道。我的爸爸、妈妈,我的两个兄弟,我的丈夫还有两个孩子都在那儿。难道我不该知道吗?我必须要知道。"

"可他已经告诉你他没办法了。"他继续为那个哭泣中的男人争辩。

"那不是答案,那是隐瞒。让他把他知道的都告诉我。我必须要让他告诉我。"

男人的哭泣越来越厉害,可女人依然坚持。她似乎坚信那个哭泣的男人能够让她的亲人回到她身边来,可由于一些不可告人的秘密,他拒绝那样做。

最终,人们把他们俩分开了。

那夜,许多的秘密揭晓了,并无人哭泣。沉默,沉默。难民们小口地喝着咖啡和白兰地,麻木地把悲恸埋藏在心中。胡戈觉得害怕。他害怕玛丽安娜会回来,可无法在大门那儿找到他,所以他准备坐回那儿。可那时候,门口围满了士兵。门时不时地打开,一个官员宣布一些消息。士兵们很安静,没有丝毫怨愤。

后来，一个看起来有些令人讨厌的难民告诉胡戈，广场法院已经开庭了好几天了，他们审判了勾结和告密者。至于那些妓女，毫无疑问，他们当天就被宣判并行刑了。

胡戈听了，身体蜷缩在长大衣里，闭上了眼睛。眼前浮现了玛丽安娜高高的个子，她穿着一件花裙子，站在壁橱的门口。"你为什么不给我读一些《圣经》里的赞美诗呢？"她问。当她靠近他，胡戈突然发现她的脖子上有一个洞，洞里没有流血的痕迹，周围的肉被烧焦了，是灰黑色的。

胡戈醒来。篝火旺盛地燃烧着。难民们裹在各自的大衣里睡着。他们放在炭上烤着的土豆和肉块已经烧焦了。

第六十八章

胡戈还醒着。*我也会记住这个夜晚的。*他对着自己说。过去的几小时把他心里堵得满满的,然而,他仍然觉得空虚,似乎被彻底地掏空了。

他打开箱子,眼前是两件玛丽安娜的衣服,上面有花的图样———一件差不多是暗红色的,另一件是天蓝色的。这两件衣服都很衬她,让她脸上更有光泽,也更显出她修长的脖子和手臂。还有两双鞋子,都是高跟的。它们让她更高挑,突出了她漂亮的胸部轮廓。她有时候说:"再没有高跟鞋这样的好东西了,它们就是为玛丽安娜而创造的。"还有两件叠好的紧身胸衣。玛丽安娜对紧身胸衣的态度很复杂,有时她抱怨那让她难以呼吸,可她心情好的时候,她承认紧身胸衣有助于她的形体。她遗憾地说着她的胸部。"我可怜的胸,"她常说,"它们还有什么没遭受过呢!"还有几双丝袜、几件衬裙、几瓶香水、口红、粉笔,还有一瓶半白兰地。看着这些东西,玛丽安娜的样子又出现了。

"我不需要很多,"她说,"我只是想一个人待着。"

胡戈至今也不会忘记玛丽安娜是多么的自我。那些她遗忘了他的日子,他几乎饿垮了。不过,她脸上焕发的光芒,会清除所有的小小的不公正。

时间经年累月地过去,胡戈仍然好奇她往他的灵魂里倒入了什么样的奠酒,她又在什么情况下被人从他身边带走。他会说,她至今还在我心里,将来有一天我们还会再遇见的。

胡戈小心地合上箱子,环顾四周。篝火静静地燃烧着,难民们睡着了,不过有些人睁着眼睛躺在那儿。那个头发乱蓬蓬的强烈要求立刻知道消息的女人也沉沉睡去了。

火焰跳跃着,一个人起身开始小声低语。起初,听起来像是祈祷,不久,声音清楚了,他终于明白那些还没回来的人是不会回来了。他和其他人的自欺欺人都是徒劳的。

没有人理会他的自言自语。人们像孩子一样蜷缩在大衣里。胡戈觉得他并不打算在人们清醒的时候说,而是想将他的发现倾入他们的梦里。

一个矮个子女人从黑暗中出现,她带着一箱三明治、一壶咖啡、一些茶杯。她走近其中一个难民,递给他一个三明治、一杯咖啡。

"你为什么不睡?"他吃惊地问。

"我不需要睡觉。"她怀着歉意说。

"这样你坚持不了多久的。人总要休息的。"

"也许我是个又矮又瘦的女人,不过我很强壮。你都无法想象我有多结实。换作别的女人可能早就已经垮了。我完全不觉得虚弱,我还有力量承受更多。"

"你想像这样一直工作下去吗?"

"自从我从藏身之地出来、知道了事实之后,我一直就在这么做。"

"你将来还有什么别的打算吗?"

"我心甘情愿地做这些。我巴不得能够再多做一些。请你拿着。"

他一手接过三明治,一手捧着茶杯,立刻开始喝起来。

不久之后,女人站到了胡戈身边,给了他一片三明治和咖啡。胡戈不声不响地接过这份礼物。"你看起来就像我的儿子。"她说。

"我是胡戈·曼斯菲尔德。"

"我的上帝啊,"她说,"你是茱莉亚和汉斯的儿子。你怎么会在这儿?"

"我在等我爸爸妈妈。"

"不要再等他们了,"她说话的声音大了些,"我们必须离开这儿。那些还没有到这儿来的人,可能都不会再来了。我们必须离开这儿,我们一起,这样我们可以互相照顾。"

"我爸爸妈妈不会来了吗?"

"至少现在不会。现在我们得离开。"

"去哪里?"胡戈犹豫不决地问。

"我们必须得一起离开,互相照顾。同胞兄弟不会说,我已经付出了。同胞兄弟只会奉献更多。感谢上帝,我们有许多可以给别人的。一个人献出一杯咖啡,另一个人可以帮妇女包扎伤口;一个人献出一条毯子,另一个人可以帮那些呼吸困难的人垫高枕头。我们有许多可以奉献的，我们只是不知道自己还拥有多少力量。"

她滔滔不绝地说着，胡戈并不理解她发自内心说出的每一句话。然而，她的话和那杯热咖啡一起渗入了他的心里。在合适的时候，他会告诉自己，**这就像战地医院——人，毯子，还有灼痛**。小个子的女病人来回奔波，为人们包扎伤口，驱逐悲观的想法，提供咖啡和三明治。

一个男人给她看他的断臂，问："好些了吗？"

"好多了。"她说着，亲吻了他的额头。